EL ÚLTIMO BAILE

MARY HIGGINS CLARK

EL ÚLTIMO BAILE

Traducción de
Carlos Abreu Fetter

PLAZA JANÉS

Papel certificado por el Forest Stewardship Council®

Título original: *I've Got My Eyes on You*
Primera edición: enero de 2019

© 2018, Nora Durkin Enterprises, Inc.
Todos los derechos reservados. Publicado por acuerdo con Simon & Schuster, Inc.
© 2019, Penguin Random House Grupo Editorial, S. A. U.
Travessera de Gràcia, 47-49. 08021 Barcelona
© 2019, Carlos Abreu Fetter, por la traducción

Printed in Spain – Impreso en España

ISBN: 978-84-01-02177-0
Depósito legal: B-25.830-2018

Compuesto en Comptex & Ass., S. L.

Impreso en Liberdúplex
Sant Llorenç d'Hortons (Barcelona)

L 0 2 1 7 7 0

Penguin
Random House
Grupo Editorial

Para Elizabeth y Lauren,
a quienes deseo toda una vida de felicidad

Agradecimientos

He terminado este libro, mi novela más reciente. Y ha llegado el momento de dar las gracias a todos aquellos que compartieron conmigo sus conocimientos y a quienes me alentaron a lo largo del camino.

A Michael Korda, mi editor, que ha sido mi faro y guía durante cuarenta años. Te mereces todo el agradecimiento del mundo, Michael.

A Marysue Rucci, editora jefe de Simon & Schuster, cuya voz, siempre sabia y experta, me ha acompañado en cada paso del camino.

A John Conheeney, cónyuge excepcional, por escucharme desde hace más de veinte años cada vez que comento con un suspiro que el libro no está funcionando.

A Kevin Wilder, por su gran ayuda al instruirme sobre cómo un detective investiga un caso de asesinato.

A Kelly Oberle-Tweed, por ayudarme a comprender mejor la función de los orientadores escolares.

A Mike Dahlgren, por ilustrarme respecto a cómo actuaría una universidad ante la inminente llegada de un estudiante polémico.

A mi hijo Dave, que trabaja codo a codo conmigo. Gran parte del mérito por esta trama le corresponde a él.

A mi nieto David, que padece el síndrome del cromosoma X frágil. Gracias por servir de inspiración para el personaje de Jamie.

Y por último, claro está, a vosotros, mis lectores, con el deseo de que paséis un rato entretenido leyendo este libro. Que Dios os bendiga a todos y cada uno de vosotros.

1

Jamie estaba en su habitación, en el primer piso de la pequeña casa estilo Cape Cod de su madre, en Saddle River, New Jersey, cuando su vida dio un vuelco.

Llevaba un rato contemplando por la ventana el jardín trasero de Kerry Dowling. Ella celebraba una fiesta, y Jamie estaba enfadado porque no lo había invitado. Cuando los dos iban al mismo instituto, Kerry siempre se mostraba simpática con Jamie a pesar de que este asistía a clases especiales. Pero su madre le había dicho que seguramente la fiesta era solo para los compañeros de Kerry, que la semana siguiente partirían a la universidad. Jamie, que había terminado el bachillerato dos años atrás, tenía un buen trabajo como reponedor en el supermercado Acme de la ciudad.

Jamie no avisó a su madre de que si los chicos de la fiesta se tiraban a la piscina de Kerry, él se acercaría y se metería en el agua con ellos. Sabía que su madre se enfadaría si hacía eso. Pero cuando Kerry estaba en la piscina, siempre lo invitaba a nadar con ella. Estuvo observando desde la ventana de su habitación hasta que todos los chicos se marcharon a casa y dejaron a Kerry sola, limpiando el patio.

Esperó a que terminara el vídeo que estaba viendo. Decidió acercarse a echarle una mano a Kerry, aunque sabía que su madre no lo aprobaría.

Descendió con sigilo hasta la planta baja, donde su madre estaba viendo las noticias de las once, y avanzó de puntillas por detrás de los setos que separaban su pequeño patio del extenso jardín de Kerry.

Pero entonces advirtió que alguien entraba en el jardín desde el bosque. El desconocido agarró algo que estaba en una silla, se acercó a Kerry por detrás, la golpeó en la cabeza y la tiró a la piscina de un empujón. Luego dejó caer algo a un lado.

No debe golpearse a la gente ni empujarla a la piscina, pensó Jamie. El hombre debería pedir disculpas, o pasar un rato en el rincón de pensar. Kerry está nadando, así que me meteré en el agua a nadar con ella, se dijo.

El hombre no se metió. Salió corriendo del jardín y se internó de nuevo en el bosque. No entró en la casa. Se alejó a la carrera sin más.

Jamie se dirigió a toda prisa hacia la piscina. Su pie topó con algo que estaba en el suelo. Era un palo de golf. Lo recogió, lo llevó hacia la piscina y lo dejó sobre una tumbona.

—Kerry, soy Jamie. Vengo a nadar contigo.

Pero ella no respondió. El chico empezó a bajar los escalones de la piscina. El agua parecía sucia. Supuso que alguien había derramado algo. Cuando notó que el agua le entraba en las deportivas nuevas y le empapaba los pantalones hasta la rodilla, se detuvo. Aunque Kerry siempre lo dejaba nadar con ella, Jamie sabía que su madre se enfadaría si se mojaba las zapatillas nuevas. Kerry estaba flotando en el agua. Él extendió el brazo hacia ella y le tocó el hombro.

—Kerry, despierta —dijo. Pero Kerry simplemente se alejó flotando hacia la parte honda de la piscina, así que Jamie regresó a casa.

Como seguían dando las noticias por la tele, su madre no lo pilló cuando subió las escaleras a hurtadillas y volvió a la cama. Jamie sabía que tenía las zapatillas, los calcetines y el pantalón empapados, así que los escondió en la parte baja de su armario. Esperaba que se secaran antes de que su madre los encontrara.

Antes de dormirse, se preguntó si Kerry estaría pasándolo bien en la piscina.

2

Era más de medianoche cuando Marge Chapman se despertó y cayó en la cuenta de que se había quedado dormida viendo las noticias. Se levantó despacio de su sillón grande y cómodo, entre crujidos de sus rodillas artríticas. Había tenido a Jamie con cuarenta y cinco años, y desde entonces había aumentado de peso. Necesito perder diez kilos, se dijo, aunque solo sea para darles un descanso a las rodillas.

Tras apagar las luces del salón, subió las escaleras y, antes de irse a la cama, echó un vistazo a la habitación de Jamie. Estaba a oscuras, y el sonido de la respiración regular de su hijo le indicó que dormía.

Marge esperaba que el chico no se hubiera disgustado mucho por no haber sido invitado a la fiesta, pero poco podía hacer para protegerlo de las decepciones.

3

El domingo, a las once menos cuarto de la mañana, Steve y Fran Dowling cruzaron el puente George Washington y se dirigieron en silencio hacia su casa en Saddle River, New Jersey. Estaban cansados porque el sábado había sido un día largo. Unos amigos de Wellesley, Massachusetts, los habían invitado a participar en un torneo de golf de veintisiete hoyos para socios e invitados. Después de pasar la noche allí, habían salido temprano por la mañana para recoger en el aeropuerto Kennedy a Aline, su hija de veintiocho años, y llevarla a casa. Esta hacía tres años que vivía en el extranjero de forma ininterrumpida, salvo por las breves visitas a sus padres.

Tras el feliz reencuentro en el aeropuerto, Aline, afectada por el desfase horario, se había acomodado en el asiento trasero del todoterreno y se había quedado dormida. Fran reprimió un bostezo.

—Dos madrugones seguidos me recuerdan la edad que tengo. —Suspiró.

Steve sonrió. Como era tres meses más joven que su esposa, esta siempre cumplía años, en este caso los cincuenta y cinco, poco antes que él.

—Me pregunto si Kerry ya estará levantada cuando lleguemos a casa —dijo Fran reflexionando en voz alta, pero dirigiéndose también a su esposo.

—Seguro que la encontraremos esperando en la puerta para recibir a su hermana —respondió Steve en tono risueño.

Fran se llevó el teléfono móvil al oído y oyó que el buzón de voz de Kerry saltaba de nuevo.

—Nuestra Bella Durmiente sigue en el país de los sueños —anunció con una risita.

Steve soltó una carcajada. Tanto Fran como él tenían el sueño ligero, al contrario que sus hijas.

Quince minutos después, aparcaron en el camino de entrada y despertaron a Aline. Aún medio dormida, los siguió al interior de la casa dando traspiés.

—¡Dios santo! —exclamó Fran paseando la vista por su hogar, que por lo general estaba ordenado.

Había latas de cerveza y vasos de plástico vacíos sobre la mesa de centro y desperdigados por todo el salón. Al entrar en la cocina, Fran se encontró una botella de vodka vacía en el fregadero, junto a varias cajas de pizza también vacías.

Aline, ahora espabilada del todo, notó que sus padres estaban disgustados, furiosos. Ella sintió lo mismo. Diez años mayor que su hermana, la asaltó de inmediato la impresión de que algo iba terriblemente mal. Si Kerry organizó una fiesta, ¿por qué no tuvo al menos el sentido común de recoger la casa después?, se preguntó. ¿O tal vez bebió tanto que perdió el conocimiento?

Se quedó escuchando mientras sus padres subían las escaleras a toda prisa llamando a Kerry a voces. Regresaron enseguida.

—Kerry no está —dijo Fran con evidente preocupación—. Vete a saber adónde ha ido, y no se ha llevado su teléfono. Lo ha dejado sobre la mesa. ¿Dónde andará? —Fran empezaba a palidecer—. Tal vez se puso mala y alguien se la llevó a su casa, o...

—Llamemos a sus amigos —la interrumpió Steve—. Alguno sabrá dónde está.

—La lista con los teléfonos de sus compañeras del equipo de *lacrosse* está en el cajón de la cocina —dijo Fran mientras echaba a andar a paso veloz por el pasillo. Las mejores amigas de Kerry jugaban en el equipo.

Por favor, que esté durmiendo en casa de Nancy o de Sinead, pensó Aline. Debía de estar en un estado bastante lamentable si se había dejado el móvil en casa. Al menos puedo empezar a ordenar un poco. Se dirigió hacia la cocina. Mientras su madre marcaba en el teléfono un número que su esposo le leía en voz alta, Aline sacó una bolsa de basura grande del armario.

Decidió ir a ver si había restos en el porche trasero o en la zona del patio y la piscina, y se encaminó hacia allí.

Lo que vio en el porche la sobresaltó. Una bolsa de basura medio llena sobre una de las sillas. Al echar un vistazo dentro, comprobó que estaba repleta de platos de cartón sucios, una caja de pizza y vasos de plástico.

Saltaba a la vista que Kerry se había puesto a limpiar. Pero ¿por qué lo había dejado a medias?

Sin saber muy bien si contarles a sus padres lo que había descubierto o dejar que siguieran con sus llamadas, Aline descendió los cuatro escalones que conducían al patio y se acercó a la piscina. Llevaba en uso todo el verano, y ella estaba deseando pasar unos ratos relajantes allí con Kerry antes de que esta se marchara a la universidad y Aline comenzara su nuevo trabajo como orientadora escolar en el instituto Saddle River.

El *putter* con el que practicaban sus padres estaba en una tumbona, sobre la tarima que rodeaba la piscina.

Cuando Aline se agachó para recoger el palo, bajó la mirada, horrorizada. Su hermana yacía en el fondo de la piscina, totalmente vestida e inmóvil.

4

A Jamie le encantaba dormir hasta tarde. Trabajaba en el supermercado de once a tres. Marge le tenía preparado el desayuno a las diez. Cuando terminó de desayunar, ella le recordó que subiera a lavarse los dientes. Cuando Jamie bajó de nuevo, le dedicó una amplia sonrisa y esperó a que ella le diera su aprobación antes de salir disparado hacia «mi trabajo», como él solía llamarlo con orgullo. Tardaba veinte minutos en llegar a pie a Acme. Mientras Marge lo observaba alejarse por la calle, la invadió una vaga sensación de intranquilidad.

Cuando subió a hacerle la cama, cayó en la cuenta de qué se trataba. Jamie se había puesto sus viejas zapatillas gastadas, en vez de las nuevas que ella le había comprado la semana anterior. ¿Por qué rayos habrá hecho eso?, se preguntó mientras empezaba a ordenar su cuarto. ¿Y dónde están las zapatillas nuevas?

Se dirigió hacia el baño de Jamie. El chico se había duchado, y tanto las toallas como la manopla para lavarse estaban en el cesto en el que ella le había enseñado que debía dejarlas. Pero no había el menor rastro de las deportivas nuevas ni del pantalón que llevaba el día anterior.

No sería capaz de tirarlos, se dijo Marge mientras regresaba a la habitación de Jamie para buscarlos. Con una mezcla de alivio y desaliento, recogió las arrebujadas pertenencias de su hijo de donde las había dejado, en el suelo del armario.

Los calcetines y las zapatillas estaban empapados, al igual que los bajos del pantalón.

Marge aún los tenía en las manos cuando oyó un grito desgarrador procedente del patio de atrás. Corrió hasta la ventana y vio que Aline se zambullía en la piscina al tiempo que sus padres salían de la casa a toda prisa.

Steve Dowling saltó al agua junto a Aline y emergió con Kerry en brazos y con su otra hija unos pasos por detrás. Horrorizada, Marge observó cómo tendía a Kerry en el suelo y le golpeaba el pecho mientras rugía «¡Llamad a una ambulancia!». Al cabo de unos minutos, unos coches patrulla y una ambulancia subieron a toda velocidad por el camino de entrada.

Entonces Marge vio que un policía apartaba a Steve de Kerry mientras el equipo de sanitarios se arrodillaba a su lado.

Cuando el agente se enderezó y negó con la cabeza, Marge se retiró de la ventana.

Tardó un minuto largo en darse cuenta de que aún sostenía los pantalones, los calcetines y las zapatillas de Jamie. Sin que nadie se lo explicara, supo cómo se habían mojado. ¿Por qué Jamie habría empezado a bajar los escalones de la piscina para luego salir de nuevo? Y ¿de qué eran esas manchas?

Sintió la urgencia de meter el pantalón, los calcetines y las zapatillas en la lavadora y luego en la secadora.

Marge no sabía por qué hasta el último hueso de su cuerpo le pedía a gritos que actuara así. Sin embargo, aunque no comprendía el motivo, tenía claro que estaba protegiendo a Jamie.

El ulular de las sirenas de policía y de las ambulancias había hecho salir a los vecinos de sus casas. No tardó en correrse la voz. «Kerry Dowling se ha ahogado en la piscina de sus padres.» Muchos vecinos, algunos incluso con una taza de café, se acercaron a toda prisa a la parte de atrás del jardín de Marge, desde donde alcanzaban a ver qué sucedía.

Los vecinos de Marge vivían en las enormes residencias edificadas en torno a su modesta vivienda. Treinta años atrás, Jack y ella se habían comprado su pequeña casa estilo Cape Cod en aquel terreno sinuoso y arbolado. Por aquel entonces, el vecindario se componía de personas trabajadoras, como ellos, que vivían en construcciones parecidas. A lo largo de los últimos veinte años, el barrio se había aburguesado. Uno a uno, los vecinos habían vendido sus pequeñas viviendas a promotores inmobiliarios por el doble de lo que habían pagado por ellas. Marge era la única que había decidido quedarse. Ahora vivía rodeada de casas más caras, y sus residentes —médicos, abogados y ejecutivos de Wall Street— eran todos gente adinerada. Aunque la trataban con amabilidad, ella añoraba los viejos tiempos, cuando Jack y ella se llevaban muy bien con sus vecinos.

Marge se unió al grupo de curiosos y algunos comentaron que habían oído la música de la fiesta y habían visto varios coches aparcados en el camino de acceso y en la calle. Pero todos se mostraron de acuerdo en que los chicos que habían asistido a la fiesta no eran muy ruidosos y a las once ya se habían marchado.

Marge regresó a su casa con disimulo.

Ahora no puedo hablar con nadie, se dijo. Necesito un rato para pensar. El golpeteo sordo de las deportivas de Jamie en la lavadora la sacaba aún más de quicio.

Salió de la casa en dirección al garaje, pulsó el botón para abrir la puerta automática, subió al coche y descendió por el camino de acceso dando marcha atrás. Procurando no establecer contacto visual con ninguno de sus vecinos, se alejó de la multitud reunida en su patio trasero y del número creciente de policías que había en el patio y el jardín de atrás de la casa de los Dowling.

5

Después de sacar del agua el cuerpo de Kerry, Steve la tendió en el suelo, realizó un intento desesperado de reanimarla y le gritó a Aline que llamara a emergencias. Continuó tratando de forzar a Kerry a respirar hasta que llegó el primer coche patrulla y un agente lo apartó para ocuparse de la chica.

Angustiados, Steve, Fran y Aline observaron al policía agacharse junto a Kerry para seguir practicándole la reanimación cardiopulmonar.

Menos de un minuto después, una ambulancia se detuvo con un chirrido en el camino de acceso, y varios sanitarios se apearon de un salto. Ante la mirada de Steve, Fran y Aline, uno de ellos se puso de rodillas junto al cuerpo para encargarse de la reanimación. Kerry tenía los ojos cerrados y los delgados brazos extendidos hacia los lados. El vestido rojo sin mangas, arrugado y empapado, se le pegaba al cuerpo. Clavaron la vista en Kerry con incredulidad. El cabello aún le goteaba sobre los hombros.

—Esto les resultará más llevadero si esperan dentro —les recomendó un agente de policía.

En silencio, Aline y sus padres se dirigieron hacia la casa. Entraron y se apiñaron frente a la ventana.

Con movimientos rápidos, los sanitarios fijaron electrodos al pecho de Kerry para transmitir sus constantes vitales a la sala de urgencias local del hospital Valley. El médico responsable confirmó lo que todos los presentes ya suponían. «No presenta signos de vida.»

El paramédico que se había ocupado de la reanimación cardiopulmonar advirtió que Kerry tenía restos de sangre en el cuello. Llevado por una sospecha, le levantó la cabeza y vio una enorme herida en la base del cráneo.

Se la mostró al agente al mando, que enseguida llamó a la fiscalía.

6

El detective de homicidios Michael Wilson, de la fiscalía del condado de Bergen, estaba de guardia ese día. Se había acomodado con varios periódicos en una tumbona, junto a la piscina de su complejo de apartamentos, en el municipio de Washington. Justo cuando empezaba a adormilarse, lo sobresaltó el sonido de su teléfono y se puso alerta de inmediato. Escuchó con atención mientras le describían su nuevo caso: «Adolescente hallada muerta en una piscina en el 123 de Werimus Pines Road, en Saddle River. Los padres estaban fuera cuando se ahogó. Según la policía local, hay indicios de que se celebró una fiesta en la finca. La víctima presenta un traumatismo craneal por causas desconocidas».

Saddle River limita con el municipio de Washington, pensó Wilson. Está a diez minutos en coche de aquí. Se levantó y echó a andar de vuelta hacia su piso, notando la sensación del cloro en la piel. Antes de nada, me daré una ducha. Puede que tenga que trabajar dos horas, doce horas o incluso más de veinticuatro horas seguidas.

Sacó del armario una camisa de *sport* de manga larga recién lavada y unos pantalones caqui, los tiró sobre la cama y se metió en el baño. Diez minutos después, ya duchado y vestido, se dirigía hacia Saddle River.

Wilson sabía que, más o menos al mismo tiempo que lo

habían llamado a él, los de la fiscalía habrían enviado a la escena del suceso a un fotógrafo y un forense. Llegarían poco después que él.

Saddle River, municipio de poco más de tres mil habitantes, era una de las comunidades más ricas de Estados Unidos. Pese a estar rodeada de barrios periféricos densamente poblados, una atmósfera bucólica reinaba en la ciudad. Su escasa hectárea dedicada a la vivienda y su buena comunicación con la ciudad de Nueva York la habían convertido en una de las zonas residenciales preferidas por los titanes de Wall Street y los deportistas famosos. Durante sus últimos años de vida, el expresidente Richard Nixon había sido propietario de una casa allí.

Mike sabía que todavía en la década de los cincuenta seguía siendo un terreno frecuentado por los cazadores locales. En la primera época se edificaron casas de una sola planta. Casi todas se vieron sustituidas por residencias más grandes y caras, entre ellas unas cuantas construcciones pretenciosas de baja calidad.

El hogar de los Dowling era una bonita casa de estilo colonial color crema, con postigos verde claro. Un policía apostado frente al edificio había despejado una zona de la calle para habilitarla como aparcamiento oficial. Después de elegir una plaza donde dejar el coche, Mike cruzó el jardín hacia la parte posterior de la casa. Al avistar a un grupo de efectivos de la policía de Saddle River, se acercó a ellos y les preguntó quién había sido el primero en acudir. El agente Jerome Weld, con la parte delantera del uniforme aún mojada, dio un paso al frente.

Weld explicó que había llegado al escenario del suceso a las 11.43. La familia ya había sacado el cuerpo del agua. Aunque no le cabía duda de que era demasiado tarde, le practicó la reanimación cardiopulmonar. La víctima no respondió.

Junto con otros agentes, había efectuado un registro preliminar de la finca. Les resultó evidente que allí se había celebrado una reunión la noche anterior. Los vecinos confirmaron que habían oído música procedente de la casa de los Dowling y habían visto a un gran número de jóvenes entrando y saliendo de ella, y yendo y viniendo de sus coches. Entre veinte y veinticinco vehículos en total habían aparcado en la calle durante la fiesta.

—He llamado a su oficina en cuanto he descubierto la brecha en la nuca de la víctima —prosiguió el agente—. Al registrar la finca, hemos encontrado junto a la piscina un palo de golf que parece tener restos de pelo y sangre.

Mike se dirigió hacia donde estaba el palo y se agachó para estudiarlo con detenimiento. Tal como le había dicho el poli, había varios cabellos largos y ensangrentados adheridos a la cabeza del *putter*, además de manchas de sangre en el mango.

—Métalo en una bolsa —indicó Mike—. Lo enviaremos a analizar.

Mientras Mike hablaba con el agente, llegó la investigadora de la oficina del forense. Sharon Reynolds había colaborado con Mike en varios casos de homicidio. Este le presentó al agente Weld, que le dio una breve explicación de lo que habían hallado en la escena.

Reynolds se arrodilló junto al cadáver y comenzó a tomarle fotografías. Tras recogerle el vestido a Kerry hasta el cuello para comprobar si tenía puñaladas u otras heridas, pasó a examinarle las piernas. Como no encontró lesiones, colocó el cadáver boca abajo y continuó sacándole fotos. Apartó el cabello de Kerry y fotografió la profunda abertura en la base del cráneo.

7

Cuando Steve y Aline bajaron las escaleras después de mudarse de ropa, se unieron a Fran en la sala de estar, donde aún había desperdigados vasos de plástico y platos de cartón sucios. El agente Weld les había indicado que no limpiaran nada hasta que la forense llegara y tuviera la oportunidad de inspeccionar tanto el terreno como el interior de la casa.

Steve abrazaba a Fran por los hombros. Estaban sentados en el sofá, inmóviles. De pronto, ella empezó a gemir con voz temblorosa hasta prorrumpir en agudos sollozos.

Se acurrucaron el uno contra el otro, embargados por una conmoción compartida y un dolor abrumador.

—¿Cómo pudo caerse a la piscina con toda la ropa puesta? —gimió Fran.

—Sabemos que estaba fuera, en el patio, limpiando. Tal vez se agachó para recoger algo que había caído al agua y perdió el equilibrio. Seguramente era tarde y quizá estaba cansada. —Steve no expresó ante Fran o Aline su sospecha secreta de que Kerry había bebido demasiado.

Aline, que aún lloraba pero en silencio, estaba pensando. Pobre Kerry. Pobrecita, mi niña. Había mantenido un contacto frecuente con su hermana durante los tres años que había pasado fuera. No era capaz de asumir que nunca volvería a ver a Kerry o a hablar con ella. No podía creer que las circunstancias la obligaran a hacer frente de nuevo a la muerte repentina de un ser querido.

Fran comenzó a sollozar con suavidad.

Se oyó la campanilla del timbre, y la puerta principal, que no estaba cerrada con llave, se abrió. Monseñor Del Prete o, como él prefería que lo llamaran, «el padre Frank», entró. Era el pastor, de sesenta y seis años, de Saint Gabriel, la parroquia local.

—Fran, Steve, Aline, lo siento muchísimo —dijo de inmediato, lo que dejaba claro que alguien le había avisado. Conforme se pusieron de pie, les apretó la mano entre las suyas. Luego acercó una silla al sofá—. Quisiera rezar una oración por Kerry —murmuró—. Señor, en este momento de profundo dolor...

—¿Cómo ha podido Dios hacernos esto? —estalló Fran cuando el pastor concluyó su plegaria.

El padre Frank se quitó las gafas y las limpió con un paño suave que se sacó del bolsillo.

—Fran, esa es una pregunta que todo el mundo se plantea después de una tragedia. ¿Cómo puede nuestro Dios benévolo y misericordioso abandonarnos en los momentos en que más lo necesitamos? Para seros sincero, es una duda que me corroe incluso a mí.

»La mejor respuesta la oí en un sermón pronunciado por un anciano sacerdote hace muchos años. Contó que había emprendido un viaje por Oriente Próximo y que se maravillaba ante la majestuosidad de las alfombras persas que veía. Eran obras hermosas, con bellos dibujos tejidos con gran destreza. Un día entró en una tienda que tenía expuestas alfombras como esas. Estaba caminando por detrás de una que colgaba de unos ganchos fijados al techo. Al contemplar el reverso, le impactó ver un conjunto enmarañado de hilos que no tenía pies ni cabeza. Tanta belleza de un lado, tanta discordancia del otro, pero ambas caras formaban parte del mismo plan. Fue entonces cuando comprendió el mensaje con claridad. En esta vida solo vemos el reverso de la alfombra. No sabemos de qué manera ni por qué, pero las terribles adversidades que sufrimos forman parte de un diseño precioso. Por eso es tan importante tener fe.

Se impuso un silencio que se vio interrumpido por unos golpes en la puerta de atrás. Cuando Steve se levantó, se oyeron unos pasos que se acercaban por el pasillo. Un hombre de treinta y pocos años, cabello color arena y ojos castaños penetrantes se detuvo ante ellos.

—Soy el detective Mike Wilson, de la fiscalía del condado de Bergen —dijo a modo de presentación—. Lamento mucho su pérdida. ¿Les parece bien si les hago algunas preguntas? Necesitamos conocer los antecedentes básicos.

El padre Frank se levantó para marcharse y se ofreció a regresar más tarde.

Fran y Steve, casi a la vez, le pidieron que se quedara. Asintiendo, el pastor se sentó de nuevo.

—¿Qué edad tenía su hija? —preguntó el detective.

—Cumplió los dieciocho en enero —contestó Aline—. Acababa de terminar el bachillerato.

Al principio, las preguntas eran discretas y fáciles de responder. Steve y Fran confirmaron que eran los padres de Kerry y que Aline era su hermana mayor.

—¿Cuándo se comunicaron con su hija por última vez, ya fuera por teléfono, mensaje de texto o correo electrónico?

Los dos estuvieron de acuerdo en que había sido hacia las cinco de la tarde del día anterior. Steve explicó que habían pasado la noche en casa de unos amigos en Massachusetts y se habían levantado temprano esa mañana para ir al aeropuerto Kennedy a recoger a Aline, que llegaba de Londres.

—¿Están enterados de que anoche se celebró una fiesta en su casa?

Por supuesto, la respuesta fue negativa.

—Hay pruebas de que se sirvieron bebidas alcohólicas. ¿Su hija consumía alcohol o drogas?

Fran, indignada, respondió que no.

—Desde luego que no consumía drogas —repuso Steve—. Supongo que se tomaba una cerveza o una copa de vino de vez en cuando con los amigos.

—Nos gustaría hablar con sus amistades más cercanas. ¿Podrían facilitarme sus nombres?

—La mayoría estaba en el equipo de *lacrosse* del instituto —dijo Steve—. La lista está en la cocina. —Acto seguido, añadió—: ¿Quiere hablar con ellas por algún motivo en particular?

—Sí. Por lo que sabemos, anoche había mucha gente en esta casa. Queremos averiguar quiénes eran y qué sucedió en la fiesta. Su hija presenta una herida grave en la nuca. Necesitamos saber qué la ocasionó.

—¿Pudo resbalar y golpearse la cabeza?

—Es una posibilidad. También es posible que alguien le pegara con algún objeto. Sabremos más cuando recibamos el informe forense.

Alguien le asestó un golpe en la cabeza a propósito, pensó Aline. Ellos creen que la asesinaron.

—Hemos encontrado un palo de golf en una tumbona, junto a la piscina. Hay indicios de que quizá fue utilizado como arma.

—¿Qué intenta decirnos? —preguntó Steve en voz baja.

—Señor y señora Dowling —comenzó a decir Wilson—, dispondremos de más información cuando recibamos los resultados del examen médico, pero lamento comunicarles que consideramos sospechosa la muerte de su hija, y como tal la investigaremos.

—No puedo creer que alguno de los chicos a los que invitó anoche quisiera hacerle daño —declaró Aline, intentando asimilar lo que había oído.

—Comprendo que piense así —admitió Wilson con empatía—, pero tenemos que comprobarlo todo. —Hizo una pausa—. Otra pregunta: ¿Kerry tenía novio, una amistad especial?

—Sí, tenía novio —espetó Fran—. Se llama Alan Crowley. Era muy posesivo con ella y tiene un carácter terrible. Si alguien agredió a mi niña, estoy segura de que fue él.

Mike Wilson mantuvo una expresión inmutable.

—Y ahora, ¿me permiten echar un vistazo a esa lista? También quiero saber quiénes eran sus mejores amigas.

—Puedo ayudarlo con eso —murmuró Steve.

—Una cosa más. No hemos encontrado ningún teléfono móvil en la ropa de su hija. ¿Saben dónde está, y les parecería bien si nos lo lleváramos?

—Claro. Está en la mesa del comedor —dijo Fran.

—Tengo un impreso de autorización en mi coche. Les pediré que lo firmen para que pueda llevarme el teléfono y examinarlo.

—La clave para desbloquearlo es 0112 —indicó Aline, con los ojos arrasados en lágrimas—. El mes de su cumpleaños seguido del mío.

Aline sacó su móvil y empezó a teclear en él.

—Detective Wilson, ayer por la mañana recibí un mensaje de texto de Kerry: «Tengo que hablarte de algo MUY IMPORTANTE cuando vuelvas a casa!!!».

Wilson se inclinó hacia delante.

—¿Tiene idea de a qué se refería?

—No, lo siento. Kerry a veces se ponía un poco melodramática. Supuse que sería algo relacionado con su novio o con la universidad.

—Es posible que tenga que volver a hablar con usted conforme avance la investigación. ¿Va a regresar a Londres?

Ella negó con la cabeza.

—No, he vuelto a casa para quedarme. De hecho, estoy a

punto de entrar a trabajar como orientadora en el instituto de Saddle River.

Mike guardó silencio por un momento, antes de dirigirse a toda la familia.

—Sé lo duro que es esto para ustedes. Voy a pedirles un favor muy importante: que no compartan información con nadie sobre la herida craneal de Kerry ni sobre nuestras sospechas relativas al palo de golf. Mientras interroguemos a otras personas a lo largo de los próximos días y semanas, es esencial que no se hagan públicos muchos detalles sobre el caso.

Tanto los Dowling como el padre Frank asintieron en señal de conformidad.

—Volveré a hablar con ustedes hoy, antes de marcharme. Y, por favor, no recojan nada hasta que los investigadores lo hayan inspeccionado todo y hayamos determinado si tenemos que llevarnos algo más.

8

Después de entrar de nuevo en la casa para que le firmaran la autorización para llevarse el móvil y el ordenador portátil de Kerry, el detective Wilson habló con los agentes que registraban la casa y el terreno de los Dowling. Luego, en su coche, introdujo el código de desbloqueo del teléfono y pulsó el icono de mensajes de texto. Los primeros cuatro eran notas breves de chicas que daban las gracias a Kerry por lo bien que lo habían pasado en la fiesta. Una le decía que esperaba que pudiera arreglar las cosas con Alan, mientras que otra le aconsejaba que dejara a «ese capullo» y esperaba que estuviera bien después de la discusión. Mike anotó los nombres de las cuatro chicas que asistieron a la fiesta para interrogarlas más tarde.

Luego hizo clic en la conversación con Alan. Se desplazó hasta el principio para leer los mensajes en el orden en el que habían sido escritos.

Alan, a las 10.30: «Espero que lo estés pasando bien con Chris. Yo estoy en Nellie's. Me han dado ganas de machacarlo. ¡Y a ti también!».

Kerry, a las 10.35: «Gracias por arruinarme la fiesta. Has quedado como un GILIPOLLAS. No eres mi dueño. Yo hablo con quien me da la gana. Hazme un favor y desaparece de mi vida».

Alan, a las 11.03: «Siento haber perdido los papeles. Me gustaría verte ahora. Ya me fastidia bastante saber que Chris irá detrás de ti cuando los dos estéis en BC. No hacía falta que empezarais ahora».

Mike se preguntó si «BC» significaba «Boston College».

Kerry, a las 11.10: «No vengas. ¡Estoy cansada! Termino de limpiar el patio de atrás y me voy a dormir. Mañana hablamos».

Esto será como una bola baja, pensó Mike, lo que en jerga policial significaba que el caso resultaría fácil de resolver. Novio celoso; ella quiere pasar página; él no; por fin una amiga le aconseja que corte con él.

Mike dejó el teléfono a un lado. Por medio del ordenador de a bordo, se conectó a la base de datos del Departamento de Tráfico. Introdujo «Alan Crowley, Saddle River» en el motor de búsqueda. Al cabo de un momento, el carnet de conducir de Crowley ocupaba la pantalla entera.

A continuación, llamó al capitán que estaba al mando de la unidad de homicidios de la fiscalía. Le explicó en pocas palabras lo que había encontrado en casa de los Dowling y el altercado de Kerry con su novio durante la fiesta.

—En otras circunstancias, optaría por hablar con los chicos que estuvieron en la fiesta antes de interrogar al novio, pero no quiero darle la oportunidad de conseguirse un buen abogado. Vive aquí, en Saddle River. Estoy a cinco minutos de su casa. El instinto me dice que debería ir ahora mismo y sacarle una confesión.

—¿Estás seguro de que no es menor de edad? —preguntó el capitán.

—En su carnet pone que cumplió los dieciocho el mes pasado.

Hubo un momento de silencio. Mike sabía que no debía interrumpir a su jefe mientras reflexionaba. También sabía que, aunque Crowley era adulto desde el punto de vista legal, los jueces tendían a mostrar manga ancha con los acusados que acababan de cumplir los dieciocho.

—Muy bien, Mike. Llámame cuando hayas hablado con él.

La residencia de los Crowley se encontraba en Twin Oaks Road, una calle repleta de árboles. Era una casa muy grande y blanca con tejado de tablillas y postigos verde oscuro. Impresionante, pensó Mike. Por lo que alcanzaba a ver de los jardines delantero y lateral, bellamente diseñados y bien cuidados, el terreno medía casi una hectárea. Esta gente está forrada, concluyó. Había un tractor cortacésped aparcado al borde del camino de entrada.

Mike llamó al timbre. Nadie le abrió. Aguardó un minuto entero antes de llamar de nuevo.

Alan Crowley había estado cortando el césped y se había acalorado, así que había entrado en la casa a por una botella de agua. Al echar un vistazo al teléfono que había dejado sobre la mesa de la cocina, advirtió que tenía varios mensajes en el buzón de voz, llamadas perdidas y mensajes de texto. Mientras se dirigía hacia la puerta con el móvil en la mano, le bastó con leer un mensaje de texto para cobrar plena conciencia de que se encontraba inmerso en una pesadilla de lo más real.

El timbre sonó de nuevo. Kerry había muerto. Se rumoreaba que la habían asesinado. La poli estaba entrevistándose con los vecinos y preguntándoles si sabían los nombres de los chicos que habían asistido a la fiesta de la noche anterior. No tardarían en descubrir que Kerry y él habían reñido.

Aterrado, se acercó a la puerta y la abrió.

El hombre que estaba al otro lado se presentó señalando la placa que llevaba colgada al cuello por medio de una cadena.

—Soy el detective Mike Wilson, de la fiscalía del condado de Bergen —dijo en tono amigable—. ¿Eres Alan Crowley?

—Sí.

Por la expresión en el rostro del joven, a Wilson no le cupo la menor duda de que ya lo habían informado de la muerte de Kerry.

—¿Estás al tanto de lo que le ha ocurrido a Kerry Dowling?

—¿Se refiere a si sé que está muerta?

—Sí...

—¿Por qué está aquí?

—Voy a averiguar qué le sucedió. Para empezar, voy a hablar con todos los que estuvieron presentes en la fiesta de anoche. ¿Te parece bien si charlamos un momento?

—Sí, supongo. ¿Quiere pasar?

—Mejor nos damos un paseo en mi coche hasta mi oficina en Hackensack, Alan. Allí podremos conversar sin que nos interrumpan. No tienes que acompañarme si no quieres, pero nos facilitaría las cosas. Vamos. Conduzco yo. Ah, Alan, antes de que nos vayamos, ¿recuerdas qué ropa llevabas anoche en la fiesta?

—Sí. ¿Por qué?

—Es solo una pregunta de rutina.

Alan se quedó pensando unos instantes. Más vale que colabore a que me ponga a la defensiva. No tengo nada de que preocuparme.

—Llevaba una camiseta de Princeton, pantalón corto y sandalias.

—¿Dónde están?

—En mi habitación.

—¿Te importaría meterlos en una bolsa y dejármelos durante unos días? Forma parte del procedimiento. No estás obligado, pero agradeceríamos mucho tu colaboración.

—Sí, supongo —respondió Alan de mala gana.

—Voy contigo —dijo Mike en tono cordial.

Un pantalón corto, una camiseta y un par de calzoncillos eran las prendas que estaban arriba del todo en la cesta de la ropa sucia. Alan las guardó en una pequeña bolsa de deporte. Agarró las sandalias y las metió también. Con el móvil en una mano y la bolsa en la otra, siguió al detective con paso rígido hasta su coche.

Mike Wilson no tenía intención de interrogar a Alan antes de que llegaran a su despacho, en el juzgado. Sabía que cuanto más cómodo se sintiera el chico, más locuaz sería cuando la cámara comenzara a grabar.

—Cuando estaba en el jardín de los Dowling, Alan, me he fijado en que tienen un *green*. Deben de ser muy aficionados al golf. ¿Tú juegas?

—He hecho un par de rondas en campos de prácticas. Juego al béisbol en primavera y verano, así que en realidad no me queda mucho tiempo para el golf.

—Mientras estabas en la fiesta de Kerry, ¿había alguien en el *green*?

—Anoche vi a unos tíos haciendo el tonto allí. Pero yo ni lo pisé.

—He notado que llevabas una camiseta de Princeton. ¿Tiene algún significado especial?

—Ah, sí —dijo Alan, con la vista fija en la ventanilla del coche—. El día que me enteré de que me habían admitido, mi madre entró en la web de la universidad y compró varias cosas con el logo de Princeton para mí y ropa de tenis para mi padre y para ella. Estaban muy contentos de que hubieran aceptado mi solicitud.

—Es todo un logro. Tus padres y tú tenéis motivos para estar orgullosos. ¿Te hace ilusión ir a la universidad?

—Me hace ilusión emanciparme, en Princeton o donde sea.

La conversación se vio interrumpida cuando sonó el teléfono de Mike. Respondió y se oyó una voz.

—Mike, tenemos a un varón de noventa y tres años, hallado muerto por un vecino en su apartamento de Fort Lee. No hay señales de que hayan forzado la puerta.

Mike pulsó un botón en el móvil para desactivar el modo manos libres. Se acercó el teléfono al oído y escuchó.

A Alan le vino bien la interrupción. Necesitaba tiempo para pensar. Repasó en su mente de forma meticulosa cada una de sus actividades de la noche anterior.

La pelea con Kerry en la fiesta porque Chris no dejaba de rondarla asegurándole que la ayudaría a instalarse en el Boston College. El mensaje de «Me han dado ganas machacarte».

Fui a Nellie's porque sabía que los chicos estarían allí, pensó. Luego se me empezó a pasar la borrachera. Quería hacer las paces, así que le diré que mi intención era ayudarla a recoger todo. Kerry me respondió en un mensaje que estaba demasiado cansada para limpiar. Pero yo regresé a su casa de todos modos.

Se le heló la sangre al recordarlo.

Creerán que yo maté a Kerry. El detective intentará arrancarme la confesión. Su cerebro comenzó a trabajar a marchas forzadas en busca de soluciones. Solo se le ocurrió una: los chicos que se encontraban en Nellie's tendrán que encubrirme, se dijo Alan. Si declaran que estuve con ellos hasta las 23.45, todo irá bien. Llegué a casa cerca de la medianoche. Mis padres estaban allí, y mi madre me deseó las buenas noches desde su habitación. Conduje a toda velocidad. El trayecto a casa me llevó menos de diez minutos. No me habría dado tiempo de visitar a Kerry en la otra punta de la ciudad y llegar a casa tan rápido.

Les pediré a los chicos que digan que estuve con ellos hasta que salieron de Nellie's. Seguro que por mí lo harán. Esta certeza tranquilizó a Alan. Luchó por conservar la calma mientras lo guiaban hasta una sala de interrogatorios. Las primeras preguntas le resultaron fáciles de responder. ¿Cuánto tiempo hacía que Kerry y él eran amigos?

—Kerry y yo llevamos un año juntos, más o menos. Oh, hemos tenido discusiones, claro. A veces las empieza ella. Le gusta ponerme celoso.

—¿Discutisteis durante la fiesta?

—Sí, pero no fue nada del otro mundo. Hay un tío, Chris, que ha estado intentando interponerse entre nosotros. Se pasó toda la fiesta pegado a Kerry.

—Apuesto a que eso te enfureció —aventuró Wilson.

—Al principio sí, pero lo superé. Ya ha pasado antes, y siempre lo arreglamos. Como ya he dicho, a Kerry le gusta cuando me pongo celoso.

Esto no está siendo ni mucho menos tan terrible como imaginaba, pensó Alan mientras respondía a la pregunta de Wilson.

—Alan, mucha gente se enfada cuando tiene celos. ¿A ti te ocurre?

—A veces, pero se me pasa enseguida.

—Bien. ¿A qué hora te marchaste de la fiesta?

—Hacia las diez y media.

—¿Cuánto rato llevabas allí?

—Llegué cerca de las siete.

—Alan, es importante que me digas una cosa: ¿tomaste alguna droga o bebida alcohólica antes de llegar o durante la fiesta?

—Nunca tomo drogas. Además, en la fiesta no había. Me tomé un par de cervezas, eso sí.

—¿Se marchó alguien contigo?

—No, me fui solo, en mi coche.

—¿Adónde?

—Conduje durante diez minutos hasta Nellie's, en Waldwick, y me comí una pizza con unos amigos que ya estaban allí.

—¿Quiénes eran esos amigos?

—Bobby Whalen, Rich Johnson y Stan Pierce, compañeros del equipo de béisbol.

—¿Habían asistido también a la fiesta?

—No.

—¿Habías quedado en reunirte con ellos en Nellie's?

—No, pero yo sabía que irían al cine y luego a Nellie's. Estaba casi seguro de que los encontraría allí.

—¿A qué hora llegaste a Nellie's?

—A las once menos veinte, más o menos.

—¿Cuánto rato pasaste allí?

—Cené y me quedé con ellos cerca de una hora.

—Y después ¿qué hiciste?

—Cogí el coche y me fui directo a casa.

—¿Tus amigos se marcharon a la vez que tú?

—Sí, salimos juntos del local.

—¿A qué hora llegaste a casa?

—Hacia la medianoche, tal vez un poco antes.

—¿Había alguien?

—Sí, mis padres. Estaban viendo la tele en su habitación. Les di las buenas noches desde fuera.

—¿Te oyeron entrar?

—Sí, mi madre me respondió desde su cuarto.

—Después de marcharte de la fiesta a las diez y media, ¿te pasaste de nuevo por casa de Kerry en algún momento, antes o después de volver a tu casa?

—No, para nada.

—¿Llamaste a Kerry o le mandaste algún mensaje de texto después de abandonar la fiesta?

—No la llamé, pero le envié un mensaje de texto y me contestó.

—¿Tenía algo que ver con la discusión?

—Sí, los dos estábamos algo cabreados.

Wilson no incidió en el asunto porque ya había visto los mensajes en el teléfono de Kerry. Además, sabía que podía conseguir una orden judicial para investigar otros mensajes o llamadas realizadas por Alan.

—Alan, solo un par de preguntas más —dijo Mike—. Tienes teléfono móvil, ¿verdad?

—Sí, claro.

—¿Cuál es tu número?

Alan lo recitó de un tirón.

—Bien, Alan. Así que fuiste a la fiesta en casa de Kerry, luego a Nellie's, y de allí directo a casa. ¿Llevabas el móvil contigo en todo momento?

—Sí.

—Alan, los Dowling tienen un *green* de golf en el jardín trasero. ¿Viste a alguien jugar en él durante la fiesta?

—Como ya le he dicho, había unos chicos en el *green*.

—¿Recuerdas si jugaste allí anoche en algún momento?

—Ni me acerqué al *green* de prácticas. No.

—¿O sea que anoche no tocaste el *putter*?

—No.

—Alan, anoche hacía calor. ¿Se metió alguien en la piscina?

—Mientras yo estaba allí, no.

—¿Te metiste tú?

—No.

—Alan, aprovechando que estás aquí, quiero pedirte algo que nos ahorrará tiempo. Hay muchos objetos en casa de Kerry que presentan huellas dactilares. Quiero saber de quién son las huellas que hay en cada objeto. ¿Me dejarás que te tome impresiones dactilares antes de que te marches? No estás obligado, pero nos ayudaría mucho.

Impresiones dactilares, pensó Alan. Deben de creer que yo la maté. De pronto, la sala de interrogatorios parecía más pequeña. ¿Estaba la puerta cerrada con llave? ¿Por qué he accedido a venir? Aunque hacía esfuerzos desesperados por disimular el pánico, no se atrevió a negarse.

—Supongo que no habría problema —dijo.

—Por último, Alan, nos gustaría recoger saliva de la parte

interior de tu mejilla con un bastoncillo. Para tener una muestra de tu ADN. ¿Te parece bien?

—Vale. —Aturdido, siguió a Wilson a otra habitación, donde le escanearon las huellas dactilares y le tomaron la muestra de ADN.

—Alan, te agradezco tu buena disposición a colaborar. Tengo un último favor que pedirte. ¿Te importaría dejarme tu móvil unos días?

Asustado por completo, Alan se sacó el teléfono del bolsillo y lo depositó en la mesa.

—Vale, pero quisiera irme a casa ya.

No intercambiaron una palabra durante los veinte minutos del trayecto de vuelta a Saddle River.

9

En cuanto bajó del coche de Wilson, Alan entró a toda prisa en su casa. Sus padres aún no habían regresado del campo de golf. Corrió hacia el teléfono fijo de la sala de estar y se detuvo un momento a buscar el número de Rich, que contestó a la primera señal.

—Rich, soy Alan. ¿Dónde andan Bobby y Stan?

—Aquí, en la piscina, conmigo.

—Oye, un policía me ha llevado a su despacho en el juzgado. Me ha hecho un montón de preguntas sobre mi discusión con Kerry. Le he dicho que estuve con vosotros en Nellie's y que nos marchamos juntos. Tienes que prometerme que confirmarás mi versión. Si no, creerán que yo maté a Kerry. Sabes que yo jamás le haría daño. Lo sabes. Y ahora, pídeles a los demás que lo prometan también.

—Te están oyendo. He puesto el manos libres.

—Pídeselo, Rich. Pídeselo.

Con el teléfono en la mano, Alan oyó decir a sus amigos:

—Claro que lo prometemos. Estamos contigo. No te preocupes.

—Gracias, tíos. Sabía que podría contar con vosotros.

En cuanto Alan colgó, se echó a llorar.

Cuando finalizó la llamada, Bobby, Rich y Stan se miraron. Los tres estaban repasando mentalmente todos los detalles de lo sucedido la noche anterior. Aún les costaba asimilar que Kerry hubiera muerto.

Al igual que Alan, no tardarían en ir a la universidad. Habían ido al cine y después a Nellie's a por una pizza.

Allí se encontraban a las 22.45 cuando Alan había entrado dando pisotones. Les bastó echarle un vistazo a su expresión para saber que estaba furioso. Acercó una silla a la mesa a la que estaban sentados y, tras hacerle un gesto a la camarera, señaló las pizzas individuales que había sobre la mesa e indicó que quería una margarita.

A los demás les resultó evidente que había bebido. Rich preguntó si había pedido un Uber para ir a Nellie's.

—No, estoy bien —había respondido Alan arrastrando las palabras.

La sala grande estaba casi vacía. La gente se había agolpado en la zona cercana a la barra, donde estaban sentados ellos, para ver a los Yankees. El partido contra el Boston se había ido a entradas suplementarias. Los gritos y aplausos eran lo bastante ruidosos para impedir que los clientes de las mesas contiguas oyeran su conversación.

Stan fue el primero en hablar.

—Alan, es obvio que has bebido mucho. A este garito vienen muchos polis. La comisaría de Waldwick está a la vuelta de la esquina.

—No os preocupéis por mí —gruñó Alan—. He venido aquí sin problemas; llegaré a casa sin problemas.

—¿Qué bicho te ha picado? —preguntó Bobby, irritado por el tono de Alan—. Aún no son ni las once. ¿Qué tal la fiesta de Kerry? ¿Se ha terminado ya?

—Era una mierda de fiesta —espetó Alan—. Me he largado. El gilipollas de Chris Kobel estaba pegado a Kerry como una lapa. Le he dicho que se pire, y Kerry la ha tomado conmigo.

43

—Ya se le pasará —comentó Bobby—. Siempre estáis peleando y haciendo las paces.

—Esta vez no. Delante de mis narices, Chris le decía que debían intentar llegar a Boston College al mismo tiempo para que él la ayudara a mudarse. Estaba tirándole los tejos y le daba igual que yo lo oyera.

Antes de que los otros tres pudieran hacer algún comentario, el móvil de Alan emitió un tintineo que indicaba que había recibido un mensaje de texto. Se llevó la mano al bolsillo de la camisa, sacó el teléfono y leyó con rapidez. Era de Kerry. Alan tecleó una respuesta valiéndose de los dos pulgares.

Cuando la camarera le sirvió su pizza humeante, Alan le pidió una Coca-Cola. Conforme devoraba las porciones y tomaba a sorbos su refresco, se hizo patente que empezaba a recuperar la calma y la sobriedad. Los demás intuyeron que el intercambio de mensajes de texto había rebajado un poco la tensión por la pelea. Empezaron a seguir el partido de los Yankees con más interés cuando ambos equipos batearon cuadrangulares de tres carreras en la decimosegunda entrada.

Al cabo de quince minutos, Alan echó su silla hacia atrás.

—Según Kerry, todos debían marcharse antes de las once. Ya pasan veinte minutos. Voy a acercarme a su casa para arreglar las cosas.

—Vale —dijo Bobby.

—Buena suerte —añadió Stan.

—¿Seguro que estás en condiciones de conducir? —preguntó Rich—. ¿Por qué no te quedas hasta el final del partido?

—Estoy bien —aseguró Alan en un tono que dejaba claro que daba la conversación por terminada.

Un minuto después, la camarera se acercó con la cuenta de Alan. Al no verlo, preguntó:

—¿Alguno de vosotros se encargará de esto?

—A ver, pásamela —dijo Rich—. Ya se lo cobraré mañana. Siempre y cuando se acuerde de que ha estado aquí esta noche.

Veinte minutos más tarde, los Yankees anotaron la carrera ganadora y los chicos decidieron que había llegado el momento de irse. Se metieron en el coche de Stan, que fue dejándolos en sus respectivas casas.

10

Era demasiado temprano para recoger a Jamie en el trabajo. De modo que Marge se sentó discretamente en un banco en la iglesia de Saint Gabriel y se puso a rezar. A las dos y media fue en coche hasta el aparcamiento de Acme y consiguió encontrar un sitio desde donde vería a Jamie en cuanto saliera de la tienda.

Continuó rezando durante esa media hora.

—Santa Virgen misericordiosa, por favor, ayuda a los Dowling a encontrar un modo de sobrellevar su tragedia. Y te suplico que no permitas que Jamie haya tenido algo que ver con el asunto. Jack, ojalá estuvieras aquí para apoyarnos. Él te necesita. —Era una plegaria que solía elevar a su marido desde que, cinco años atrás, había fallecido por un ataque al corazón.

»Querido Dios, sabes que él nunca le haría daño a nadie. Pero si creía que estaba jugando, y como es él tan fuerte, te ruego que...

Una imagen de Jamie sujetando a Kerry bajo el agua atormentaba la mente de Marge. A lo mejor, él la había visto en la piscina y había empezado a bajar los escalones. Tal vez, cuando ella había pasado nadando cerca, él se había agachado para agarrarla. Solían jugar a ver quién era capaz de aguantar más tiempo bajo el agua. ¿Y si él la había mantenido sumergida hasta que...?

Los angustiosos pensamientos de Marge solo se interrumpieron cuando vio a Jamie salir de la tienda sosteniendo dos pesadas bolsas de la compra en cada mano. Lo observó mientras seguía a una mujer mayor hasta su coche. Jamie aguardó mientras la señora sacaba la llave y pulsaba el botón para abrir el maletero. Entonces alzó las abultadas bolsas de plástico y las depositó dentro con delicadeza. Es tan fuerte..., pensó Marge con un escalofrío.

Jamie cerró el maletero y echó a andar a través del aparcamiento. Se acercó a una limusina que esperaba y le estrechó la mano a Tony Carter, su compañero de trabajo, que estaba abriendo la portezuela para subir al asiento de atrás. Marge oyó a Jamie gritar «¡Que te diviertas!» mientras el deportivo utilitario se alejaba.

Una sonrisa de alegría se le dibujó en el rostro cuando la vio. Agitando el brazo como era su costumbre, con la palma hacia fuera y los dedos doblados hacia atrás, se dirigió hacia el coche, abrió la puerta y se sentó junto a Marge.

—Mamá, has venido a recogerme —anunció él con voz triunfal.

Ella se inclinó hacia su hijo y le dio un beso mientras le alisaba el flequillo rubio tirando a pelirrojo.

Sin embargo, la sonrisa jovial de Jamie se desvaneció enseguida y su voz adoptó un tono muy serio.

—¿Estás enfadada conmigo, mamá?

—¿Por qué iba a estar enfadada contigo, Jamie?

Una expresión de preocupación se instaló en el rostro del chico durante un buen rato. Marge aprovechó ese momento para mirarlo y, como siempre, maravillarse de lo guapo que era.

Jamie había heredado los ojos azules, las facciones regulares, el metro ochenta y cinco de estatura y la postura perfecta de Jack. La única diferencia residía en que Jamie se había visto privado de oxígeno durante un parto difícil, lo que le había dañado el cerebro.

Marge se percató de que su hijo estaba intentando recordar por qué razón ella podría estar enfadada.

—Se me mojaron las zapatillas, los calcetines y los vaqueros —dijo de forma entrecortada—. Lo siento. ¿Vale?

—¿Por qué se te mojaron, Jamie? —preguntó Marge intentando aparentar naturalidad, aguardando el momento de hacer girar las llaves en el contacto para arrancar el coche.

Jamie le lanzó una mirada suplicante.

—No te enfades conmigo, mamá.

—Oh, Jamie —se apresuró a decir Marge—. No estoy enfadada. Pero necesito que me cuentes qué sucedió cuando fuiste a la piscina de Kerry.

—Kerry estaba nadando —dijo Jamie con la vista baja.

Estaba completamente vestida, pensó Marge. La vi cuando Steve la sacó de la piscina.

—¿La viste nadar en su piscina?

—Sí, estaba nadando —respondió él, rehuyéndole la mirada a su madre.

A lo mejor aún estaba viva cuando él la vio, se dijo Marge.

—Jamie, ¿le preguntaste a Kerry si te dejaba nadar con ella?

—Sí, se lo pregunté.

—¿Y qué te dijo?

Jamie dirigió la vista al frente e intentó reconstruir en su mente lo sucedido la noche anterior.

—Dijo: «Jamie, puedes nadar conmigo siempre que quieras». Y yo le dije: «Gracias, Kerry, eres muy amable».

Marge suspiró para sus adentros. El tiempo era un concepto confuso para Jamie. A veces el recuerdo de un lugar en el que habían estado hacía una semana interfería con los recuerdos de una visita a ese mismo sitio años atrás. ¿Había mantenido esa conversación con Kerry la víspera, o en una de las numerosas ocasiones anteriores en que la chica lo había invitado a nadar con ella?

—Jamie, ¿por qué te metiste en la piscina sin quitarte ni los pantalones ni las zapatillas?

—Lo siento, mamá. No volveré a hacerlo. Te lo prometo, ¿vale? —espetó Jamie con voz más alta y agresiva.

—Jamie, ¿jugaste a algo con Kerry en la piscina?

—Kerry se sumergió durante mucho rato. Le dije: «Kerry, despierta. Soy Jamie».

—¿La ayudaste cuando estaba bajo el agua?

—Siempre ayudo a Kerry. Somos amigos.

—Cuando jugabais, ¿la sujetabas bajo el agua?

—Ya te he dicho que lo siento, mamá. ¿Vale? —exclamó Jamie mientras los ojos se le llenaban de lágrimas—. ¿Puedo irme ya?

—Está bien, Jamie —dijo Marge, pues resultaba evidente que su hijo empezaba a cerrarse en banda. Pero tenía que encontrar una manera de protegerlo—. Jamie —añadió, intentando sonar animada—. ¿Serías capaz de guardar un secreto?

—Me gustan los secretos —dijo Jamie—, como los regalos de cumpleaños.

—Exacto: cuando le compramos a alguien un regalo de cumpleaños, lo guardamos en secreto —afirmó Marge—. Pero este secreto será sobre el chapuzón que te diste con Kerry anoche. Eso puede ser un secreto entre tú y yo, ¿verdad?

—Te lo juro y que me muera ahora mismo si miento —dijo Jamie, trazándose una gran X en el pecho con el dedo.

Marge suspiró. Tendría que conformarse con eso por el momento.

—¿Quieres que te lleve a casa, Jamie?

—¿Puedo ver el entrenamiento?

Marge sabía que se refería al equipo de fútbol, al de fútbol americano o al que fuera que estuviera entrenando en el campo del instituto.

—Sí, sí puedes. Yo te llevo. Pero te irás directo a casa cuando termine.

—Sí, mamá, y no le diré a nadie que estuve en la piscina. —Como intentando cambiar de tema, Jamie agregó—: Tony Carter se irá de viaje con su padre, a pescar.

Espero que lo único que pesquen sea un resfriado, pensó Marge. Se había enterado de que Carl Carter iba diciendo por ahí que el único problema de Jamie era que «tenía flojo un tornillo», un comentario que Marge no olvidaba ni perdonaba.

—Qué bien —consiguió murmurar.

Mientras su madre conducía, Jamie miraba las casas que desfilaban por la ventana. Es un secreto, repitió para sus adentros. No le contaré a nadie que fui a nadar con Kerry. No le contaré a nadie que me mojé las zapatillas, el pantalón y los calcetines, ni le hablaré a nadie del muchachote que golpeó a Kerry en la piscina. Porque eso también es un secreto.

11

En el instante en que aparcó en su camino de entrada, Doug Crowley vio algo que lo irritó.

—Le dejé claro a Alan que quería que el césped estuviera cortado cuando llegáramos a casa. ¡Fíjate! Ha dejado el jardín delantero a medias.

La consternación en el rostro de June reflejaba la de su esposo. Ambos cultivaban una apasionada afición al tenis que los mantenía en buena forma. Los dos eran más bien de baja estatura. Doug medía metro setenta y cinco, y llevaba el cabello entrecano peinado hacia un lado para taparse la incipiente calva. Sus rasgos regulares siempre parecían insinuar una expresión ceñuda. La melena castaña corta de June no ayudaba mucho a suavizar la finura de sus labios ni la arruga que solía lucir en el entrecejo.

June y Doug se habían casado con treinta y tres años. Ella se había titulado en enfermería por la Universidad de Rutgers, y Doug trabajaba como ingeniero de software. Se habían convertido en uña y carne gracias a sus deseos compartidos de poseer una casa bonita, ser miembros de un club de campo y jubilarse a los sesenta. Tenían muy claros sus objetivos y se empeñaban en que su único hijo también los tuviera.

Llegar a casa y encontrarse con un trabajo sin terminar y con la cortadora abandonada en medio del jardín delantero había puesto a June de tan mal humor como a su marido. Ella iba pisándole los talones cuando atravesaron la puerta llamando a su hijo a voces. Como no respondió, recorrieron las habitaciones hasta que lo encontraron tumbado en su cama sin hacer, llorando. Comenzaron a sacudirlo los dos a la vez.

—Alan, ¿qué ha pasado? ¿Qué te ocurre?

Al principio, el chico no podía responder. Al cabo de unos momentos, alzó la vista hacia ellos.

—Kerry ha aparecido muerta en la piscina, y la policía cree que yo lo hice.

—¿Por qué creen eso? —preguntó Doug casi gritando.

—Porque tuvimos una discusión durante la fiesta. Delante de un montón de chicos. Y cuando el detective ha venido, me...

—¿Ha venido un detective? —chilló June—. ¿Has hablado con él?

—Sí, solo unos minutos. Me ha llevado en coche a su oficina y me ha hecho algunas preguntas.

Doug miró a su esposa.

—¿Tenía derecho a hacer eso?

—No lo sé. Es verdad que cumplió los dieciocho el mes pasado. —Se volvió hacia su hijo—. Alan, ¿qué le ha sucedido exactamente a Kerry?

Con voz entrecortada, el muchacho les contó lo que sabía. Habían encontrado a Kerry en la piscina de su casa esa mañana.

—Creen que alguien la golpeó en la cabeza y la empujó al agua, y que ella se ahogó.

June contempló la idea de recalcarle a Alan que sabían cuánto le importaba Kerry, pero ya habría tiempo para eso más tarde. En aquel instante, debido a la gravedad de la noticia y a las consecuencias que podía tener para Alan, se imponía la necesidad imperiosa de proteger a su hijo a toda costa.

June se desesperaba cada vez más a medida que preguntaba.

12

Después de dejar a Jamie en el instituto, Marge avanzó por la misma calle en dirección a su casa. Grace, la vecina, la observaba desde el patio delantero. En cuanto Marge aparcó, la mujer le hizo señas para que se acercara.

—¿Te lo puedes creer? Kerry, esa pobre chica, ha sido asesinada. Organizó una de esas fiestas que dan los adolescentes cuando sus padres no están. La policía está hablando con todos los vecinos. Han llamado a tu puerta. Me han preguntado si sabía quién vivía en tu casa. Les he hablado de Jamie y de ti y les he dicho que no sabía dónde estabais.

Marge intentó disimular su ansiedad.

—Grace, ¿les has dicho algo de Jamie?

—Sí, que es un joven muy agradable con necesidades especiales y que ya no va al instituto. Imagino que querrán entrevistarse con toda la gente del barrio que pueda haber visto algo.

—Supongo —convino Marge—. Nos vemos luego.

Cuando Jamie regresó a casa unas horas después, Marge lo notó preocupado. No le hizo falta preguntarle la razón.

—Las chicas del equipo de fútbol estaban tristes porque Kerry ha subido al cielo —dijo él.

—Jamie, va a venir un policía a hablar con nosotros sobre Kerry. Hablaremos de por qué se puso mala en la piscina y subió al cielo. Recuerda que no debes decirle que te acercaste a la piscina.

No bien había pronunciado estas palabras, sonó el timbre. Jamie empezó a subir la escalera hacia su habitación. Cuando Marge abrió la puerta, al otro lado no había un agente uniformado, sino un hombre con traje.

—Soy el detective Mike Wilson, de la fiscalía del condado de Bergen —se presentó.

—Sí. Pase usted, detective —contestó Marge señalando el salón con un gesto para invitarlo a entrar—. Podemos sentarnos aquí a hablar.

Se acomodaron en dos sillones, uno frente al otro.

—Como sin duda ya sabrá, señora Chapman —dijo Mike—, Kerry Dowling, su vecina, ha aparecido muerta en la piscina de su familia esta mañana.

—Sí, algo he oído. —Marge suspiró—. Una tragedia terrible. Era una joven tan adorable...

—Señora Chapman, vive usted con su hijo, ¿es así?

—Sí, los dos solos.

—¿Estaban ustedes en casa anoche, después de las once?

—Sí, los dos.

—¿Había alguien más con ustedes?

—No, estábamos solos.

—Deje que le explique por qué tengo un interés especial en hablar con usted y con su hijo. Cuando he acudido a casa de los Dowling esta mañana, me he detenido junto a la piscina del patio trasero y he echado un vistazo alrededor. Por encima de las copas de los árboles, he distinguido con claridad la habitación de atrás de la planta superior de esta casa. Eso significa que, si había alguien allí, tal vez vio algo que pueda ayudarnos en nuestra investigación.

—Por supuesto —respondió Marge.

—Quisiera ver esa habitación antes de marcharme. ¿Qué uso le dan?

—Es un dormitorio.

—¿El suyo?

—No, el de Jamie.

—¿Puedo hablar con él?

—Por supuesto.

Marge se acercó al pie de la escalera y se dispuso a llamar a Jamie.

—Si le parece bien, señora Chapman —la interrumpió el detective Wilson—, me gustaría charlar con Jamie en su habitación.

—Supongo que no hay problema —contestó Marge mientras subía los peldaños con el detective un paso por detrás.

Marge dio unos golpes vacilantes en la puerta de Jamie y la abrió. El chico estaba despatarrado en la cama, viendo un vídeo.

—Jamie, te presento al detective Wilson.

—Hola, Jamie —dijo Mike tendiéndole la mano.

Jamie se puso de pie.

—Encantado de conocerlo, señor —contestó mientras se estrechaban la mano. Se volvió hacia Marge, como pidiéndole su aprobación. La sonrisa de su madre le confirmó que había mostrado buenos modales.

Jamie y Marge se sentaron en la cama. Mike se dirigió hacia la ventana. Los Dowling y los Chapman tenían patios traseros contiguos. El detective bajó la mirada hacia la piscina de los Dowling antes de sentarse en la silla situada frente a la cama.

—Jamie, solo quiero hablar contigo unos minutos. Conoces a Kerry Dowling, ¿verdad?

—Sí. Está en el cielo.

Wilson sonrió.

—Así es, Jamie. Se ha ido al cielo. Pero sus padres y la policía quieren averiguar qué sucedió antes. Anoche hubo una fiesta en casa de Kerry.

—Kerry no me invitó.

—Sé que no estuviste allí, Jamie, solo quiero...

—Era para los chicos que acaban de terminar el instituto. Yo soy mayor. Tengo veinte años. Los he cumplido hace poco.

—Pues feliz cumpleaños, Jamie. —Wilson se acercó de nuevo a la ventana—. Jamie, veo el jardín trasero y la piscina de Kerry desde aquí. Eso significa que anoche, si estabas en tu cuarto, también podías verlos.

—No fui a nadar con Kerry —aseguró Jamie, dedicándole a su madre una sonrisa de complicidad.

Mike sonrió a su vez.

—Ya lo sé, Jamie. ¿Viste a Kerry limpiando su jardín trasero anoche?

—Yo ayudo a limpiar en el Acme, donde trabajo de once a tres.

—Entonces ¿anoche no viste a Kerry en su jardín ni la viste meterse en la piscina?

—No fui a nadar con Kerry. Se lo prometo —dijo Jamie abrazando a su madre por los hombros y dándole un beso.

—Entiendo. Gracias, Jamie. Señora Chapman, le dejo mi tarjeta. A veces hay personas a las que les vienen cosas a la memoria más tarde. Si Jamie o usted recuerdan algo que pueda resultar útil para nuestra investigación, por favor póngase en contacto conmigo.

Bajaron las escaleras y acompañaron a Wilson a la puerta principal. Cuando Marge la cerró tras él, Jamie le dirigió una sonrisa triunfal.

—¡He guardado el secreto! —exclamó.

Marge se llevó el dedo a los labios.

—¡Chis!

Le aterraba la idea de que el detective se hubiera detenido en el porche y hubiera oído a Jamie. Con un nudo en la garganta, se acercó a la ventana. Exhaló un suspiro de alivio al ver a Wilson llegar al final del camino de entrada, abrir la puerta delantera de su coche y subir a él.

Mike arrancó el motor pero vaciló unos instantes antes de ponerse en marcha. ¿Por qué tenía la sensación de que las respuestas de Jamie parecían ensayadas?

13

Mientras Mike Wilson se concentraba en las cuatro chicas cuyos mensajes de texto estaban guardados en el móvil de Kerry, agentes de la fiscalía visitaban las casas de otras amistades de la joven que habían asistido a la fiesta. En la mayoría de los casos, la madre, el padre o ambos se hallaban presentes. Por lo general, se sentaban en el sofá, flanqueando a su hijo o hija, tan apiñados que sus brazos se apretujaban unos contra otros.

El agente Harsh, encargado de abrir los interrogatorios, empezaba con una declaración para tranquilizar a los interrogados. «Quiero que quede claro de entrada que el objetivo de esta investigación no es imputar o detener a ningún menor de edad por haber bebido esa noche. Sabemos que hubo muchos. Había botellas de vodka y cerveza por toda la casa y el terreno de los Dowling. Ignoramos si alguien consumió drogas esa noche. Tenemos que preguntarte si bebiste o tomaste drogas porque es posible que eso afecte a lo que percibiste estando allí o a lo que recuerdas hoy. Pero insisto: no pretendemos meter a nadie en líos por esa razón. Lo que queremos saber es si se produjeron discusiones o peleas esa noche, sobre todo alguna en la que estuviera implicada Kerry Dowling.»

Treinta y una personas en la fiesta de Kerry. Ocho chicas

habían sido testigos de una riña entre Alan y la anfitriona. Ninguna de ellas reconoció haber bebido más que un par de cervezas. Todas negaron con rotundidad que circularan drogas en la fiesta.

Una de ellas, Kate, que se describió como la mejor amiga de Kerry, rompió a llorar mientras hablaba.

—Alan se puso furioso porque Chris Kobel no dejaba de rondar a Kerry ni de hablar de lo bien que lo pasarían los dos en el Boston College. Se le notaba mucho que iba detrás de ella. Yo esperaba que empezaran a salir juntos. Me parecía que Alan se comportaba como un imbécil.

—¿Por qué?

—Porque era muy posesivo con Kerry. En junio, cuando se enteró de que Chris la había invitado al baile de graduación, le advirtió a este que Kerry era su chica y que no volviera a pedírselo. Yo le dije a ella que Chris era mucho mejor persona y que más valía que espabilara y rompiera con Alan.

»Luego, en la fiesta, Alan bebió mucha cerveza. Quería pegarse con Chris. Kerry se interpuso entre ellos y empezó a gritarle. Él se marchó dando un portazo.

—¿Cómo reaccionó Kerry?

—Se quedó como chafada un rato, pero luego le quitó importancia al asunto y dijo «Olvidémoslo».

—¿A qué hora se marchó Alan?

—No estoy segura. Debían de ser las diez y media, tal vez las once menos cuarto.

—¿Regresó Alan?

—No.

—¿A qué hora terminó la fiesta?

—Todos nos fuimos antes de las once. Es la hora a la que los vecinos llaman a la poli si hay ruido.

—¿Ayudó alguien a Kerry a limpiar?

—Ella dijo que ya limpiaría sola. Quería que a las once no

quedara un solo coche aparcado en la calle. Se ponía muy nerviosa al imaginar que un policía podía presentarse cuando la fiesta aún no hubiera terminado.

—Solo me quedan dos preguntas más. ¿Saliste al patio en algún momento de la noche?

—Oh, ya lo creo que salí.

—¿Te fijaste en si había un palo de golf allí?

—Sí que me fijé. Los Dowling son muy forofos del golf. Tienen un *green* de prácticas en el jardín lateral. Había un par de tíos allí, jugando con el palo.

14

La irrealidad de lo que le había sucedido a Kerry se convirtió en una pesadilla que dominó las pocas horas que Aline consiguió dormitar la noche del domingo. Los sucesos ocurridos desde que había encontrado el cadáver de Kerry en la piscina componían una banda sonora que se reproducía a toda velocidad en su mente.

El poli practicándole la reanimación cardiopulmonar y luego negando con la cabeza.

El detective conduciéndolos al interior de la casa.

Ella intentando asimilar lo inconcebible.

El padre Frank intentando encontrarle un sentido a lo que no lo tenía.

El desfile de vecinos que les ofrecían su ayuda. ¿Para qué?

El abuelo Dowling, en la residencia de Florida, demasiado enfermo para viajar hasta allí.

Los padres de mamá, que llegarían en avión al día siguiente.

La comida que les llevaba la gente y que ellos solo podían picotear.

Los sollozos constantes de mamá.

La cara pálida y los labios apretados de papá. Su expresión de dolor mientras intentaba consolarnos a mamá y a mí.

El agotamiento tras el vuelo de vuelta a casa y el desfase horario, que me han permitido dormir cerca de una hora.

Y entonces comenzó el calidoscopio.

A las siete, Aline se incorporó, tiró el cubrecama a un lado y se levantó con gran esfuerzo. El día, que había amanecido nublado y amenazando lluvia, armonizaba con su estado de ánimo.

Aunque se había sujetado la larga cabellera castaña con una goma, esta se le había caído durante la noche. Se acercó al espejo del tocador situado enfrente de la cama. Era como si Kerry se encontrara a su lado, contemplándolo con fijeza. Kerry se parecía a mamá, con su cabello rubio dorado, sus chispeantes ojos azules, sus facciones perfectas.

Aline había salido a su padre, con ojos almendrados, el rostro afilado y el pelo de un castaño intenso. «Color barro», se dijo.

Tenía los ojos llenos de aflicción, y advirtió que estaba muy blanca. El pijama le colgaba por todas partes. Sabía que Kerry, en cuanto le hubiera echado un vistazo, habría exclamado: «¡Estás hecha un cromo!». Una sonrisa involuntaria le asomó a los labios y se desvaneció.

Fue de puntillas a la cocina y preparó una cafetera. Ted Goldberg, un médico que se había hecho amigo de sus padres en el club de golf, los había visitado a última hora de la tarde el día anterior y les había dado somníferos. Aline esperaba que las pastillas que se habían tomado antes de acostarse hubieran surtido efecto y les hubieran proporcionado un poco de paz.

La víspera por la tarde, ella se había encargado de telefonear a los familiares y amigos cercanos para comunicarles la tragedia. Algunos ya estaban enterados porque lo habían visto en las noticias. Leer el torrente de condolencias en la página de Facebook de su hermana la había reconfortado. Por la noche, la vecina les había llevado algo de cenar. Aunque nadie tenía hambre, habían comido un poco y se habían sentido mejor gracias a ello.

El padre de Aline había encendido el televisor a las seis y

media. Una imagen de su casa aparecía en pantalla. La noticia principal era el asesinato de Kerry. El hombre se había apresurado a apagar el aparato.

En circunstancias normales, Aline habría puesto las noticias de la mañana en el momento de entrar en la cocina. Pero no quería oír reportajes sobre Kerry. Aún no. Nunca.

Había dejado su teléfono móvil en el comedor después de realizar las llamadas. Con la taza de café en la mano, fue a buscarlo. Vio que había recibido un mensaje de voz, de un número que no reconocía, hacía solo una hora. Era de Mike Wilson, el detective que investigaba el caso de Kerry. Aline evocó su imagen. Apuesto, de más de metro ochenta de estatura, ojos penetrantes de color castaño oscuro, constitución esbelta y atlética. Tendía a inclinarse hacia delante con las manos entrelazadas, como para no perderse una sola palabra de su interlocutor.

Aline escuchó el mensaje: «Señorita Dowling, sé lo dura que es esta situación para usted en estos momentos, pero necesito su ayuda. Espero no haber llamado demasiado temprano. Tengo entendido que es usted orientadora escolar en el instituto de Saddle River. Creo que su colaboración me resultaría muy útil. Por favor, llámeme en cuanto oiga este mensaje».

Sin intentar analizar por qué su colaboración podía resultarle útil al detective, Aline devolvió la llamada. Al oír su voz, Mike Wilson fue al grano.

—Por lo que he averiguado hasta ahora, cerca de treinta personas asistieron a la fiesta, y ya he conseguido casi todos los nombres. Creo que en su mayoría eran estudiantes de la promoción de Kerry, lo que significa que pronto se irán a la universidad. Quiero saber dónde estudiarán y cuándo se marcharán. Por razones obvias, me interesa hablar primero con quienes se van antes. ¿Podría echarme una mano con esto?

—Me alegro de que haya llamado. Se me había olvidado

por completo que hoy a la una hay una reunión de orientación en el instituto. Tal vez pueda ayudarlo. La formación de hoy incluye capacitación en el uso del sistema informático.

—¿Piensa asistir?

—La verdad es que no me vendría mal distraerme un poco. Me pregunta cuándo empiezan las clases en las universidades. Le enseñaré una regla bastante fiable. En las universidades del sur, a mediados de agosto. Ya han empezado. En los centros católicos, hacia el día de los Trabajadores. En las universidades de la Ivy League, a mediados de septiembre. En casi todas las demás, las clases empiezan por estas fechas, en la última semana de agosto.

—Se lo agradezco mucho. Me sabe mal pedirle que vaya cuando solo ha pasado un día desde...

—Me alivia poder hacer algo útil —lo interrumpió ella—. Mándeme los nombres en un mensaje de texto y yo averiguaré las universidades.

—Eso sería estupendo, señorita Dowling.

—Por favor, llámame Aline.

—De acuerdo, Aline. Una última cosa: ¿tienes manera de conseguir las fechas de nacimiento? Me gustaría saber quiénes son adultos, y quiénes menores de edad.

—Puedo averiguarlas también. Las tendrás a última hora de la tarde.

A Aline la invadió una sensación extraña mientras maniobraba para aparcar en una plaza reservada para el profesorado del instituto. El aparcamiento estaba casi vacío.

Llamó a la puerta de la directora, que estaba entreabierta. Pat Tarleton, sentada tras su escritorio, se apresuró a levantarse y a acercarse a ella para abrazarla.

—Lo siento mucho, cielo. ¿Cómo estáis tus padres y tú?

—Conmocionados, intentando digerir lo ocurrido. He pensado que me haría bien obligar a mi mente a centrarse en otra cosa, así que he querido conservar nuestra cita.

Pat guio a Aline hasta una silla situada junto a la suya, frente a la enorme pantalla de su ordenador de sobremesa. Le pasó un papel en el que había algo garabateado.

—Es tu contraseña para acceder a nuestro sistema informático. Te enseñaré cómo funciona.

Aline asimiló con rapidez las instrucciones de Pat. Por fortuna, el sistema era muy parecido al que utilizaba en la Escuela Internacional. Cuando terminaron, Pat le entregó una lista que había imprimido.

—Son todos los profesores y empleados del instituto, con su información de contacto.

Aline repasó la lista y se llevó una grata sorpresa al comprobar que varios de los profesores que había tenido seguían trabajando allí.

—Me siento como en una reunión de antiguos alumnos y profesores —le dijo a Pat, intentando esbozar una sonrisa.

15

Marge no sabía qué hacer. ¿Se había olido el detective que Jamie no decía la verdad? Tal vez había malinterpretado las miradas que le lanzaba el chico buscando su aprobación. El tal detective Wilson parecía muy inteligente.

Como solía hacer cuando estaba nerviosa, Marge echó mano de su rosario. Antes de comenzar a recitar el primer misterio doloroso, la oración del huerto, se puso a pensar en Jack. Siempre lo llevaba cerca de la mente y del corazón. Lo había conocido en un parque de atracciones de Rye. Era un estudiante de último curso en el instituto de All Hallows, y ella una estudiante de tercero en Saint Jean. Vivía en el Bronx y, para ir al colegio, tomaba el metro en la calle Setenta y cinco Este, en Manhattan. Él vivía en la calle Doscientos Oeste y pensaba ingresar en Fordham en septiembre. Ella le contó sus planes de irse a Marymount al cabo de dos años.

No nos separamos ni por un momento hasta que su grupo se embarcó de nuevo y las monjas nos hicieron subir al autobús.

Jack me pareció el hombre más guapo que había visto nunca; alto, rubio y de ojos azules. Jamie es su viva imagen. Jack me contó que el apellido Chapman estaba grabado en lápidas muy antiguas en Cape Cod, donde yacían los restos de sus antepasados. Según él, no habían navegado en el *May-*

flower, pero habían llegado poco después. Estaba tan orgulloso de eso..., pensó Marge con ternura.

Mi padre procedía de una familia de granjeros irlandeses de Roscommon. Era más joven que su hermano, lo que significaba que este heredaría la granja. Así que, cuando tenía veinte años, se despidió de sus padres y hermanos y se embarcó con destino a Nueva York. Allí conoció a mi madre, y contrajeron matrimonio, ella con diecinueve años, él con veintidós.

Como nosotros, pensó Marge. Yo tenía veinte y dejé la universidad después del segundo curso. Jack tenía veinticuatro. Había abandonado los estudios al terminar el primer año, pues había decidido sacarse el carnet de electricista. Le gustaba trabajar en la construcción.

Oh, Jack, ojalá estuvieras aquí. Habíamos perdido las esperanzas de tener un hijo y entonces, a los cuarenta y cinco años, me quedé embarazada. Después de todos aquellos años de ilusión y luego de aceptar que Dios no quería enviarnos un bebé, fue como un milagro. Estábamos tan contentos..., pensó Marge. Durante el parto estuvimos a punto de perder a Jamie. Sufrió una falta de oxígeno, pero era nuestro.

Jack había muerto de un ataque al corazón cuando Jamie tenía quince años. El pobre muchacho no paraba de mirar a su alrededor, gritando «¡Papá!».

Jack, ahora acudo a ti para que me ayudes, rezó Marge. Tal vez Jamie creía que estaba jugando con Kerry, pobre chica. Sin embargo ella recibió un golpe en la cabeza. Él sería incapaz de hacer algo así. No me cabe la menor duda.

Aunque la policía podía tergiversar su versión de los hechos si se enteraba de que Jamie había estado en la piscina con ella. ¿Te lo imaginas en la cárcel? Estaría tan asustado... Y los hombres se aprovechan de los muchachos como él.

No puedo permitir que eso ocurra. Simplemente no puedo permitirlo.

Marge bajó la vista hacia el rosario que sostenía en la mano. Cuando empezó su oración, Jamie bajó de su cuarto, donde había estado viendo la televisión.

—No le hemos dicho a nadie que fui a nadar con Kerry —dijo—. ¿A que ha estado bien?

16

Aline quería a sus abuelos. Casi octogenarios, se habían mudado a Arizona debido a la artritis crónica de la abuela. Aline estaba convencida de que su llegada les aportaría tanto alivio como crispación.

En cuanto entraron por la puerta, la abuela, con los hombros encorvados y sujetando un bastón con los dedos artríticos, gimió:

—Tendría que haberme pasado a mí. ¿Por qué a esa criatura tan hermosa? ¿Por qué? ¿Por qué?

¡Porque nunca te metes en las piscinas!, fue lo primero que pensó Aline.

—Tengo entendido que dio una fiesta cuando vosotros estabais fuera —señaló su abuelo, fuerte y sano para su edad—. Esto es lo que pasa cuando uno deja a los chicos a su aire.

Era más una acusación que un consuelo.

—Es lo que he estado diciéndole a Steve —terció Fran.

Aline intercambió una mirada con su padre. Sabía que los abuelos siempre habían opinado que su madre debería haberse casado con el hombre con el que había estado prometida durante una breve temporada, treinta años atrás. El que se había ido a trabajar a Silicon Valley y se había convertido en un multimillonario del sector tecnológico. El padre de Aline, socio de una empresa contable, se ganaba muy bien la vida, pero no lo suficiente para comprarse un avión privado, un yate, una mansión en Connecticut o una villa en Florencia.

Por lo general, a su padre le resbalaban las críticas de sus suegros, pero a Aline le preocupaba que esta vez reaccionara mal. A modo de mensaje mudo, él puso los ojos en blanco: «Tranquila, se marcharán dentro de dos o tres días».

El miércoles, Aline se ofreció a acompañar a su padre para encargar el velatorio para el jueves y el funeral para el viernes por la mañana. Temía que su madre sufriera una crisis nerviosa si tenía que elegir un ataúd. Sin embargo fue Fran quien decidió que había que enterrar a Kerry con el mismo atuendo que había lucido en el baile de graduación. Era un vestido largo de organdí azul claro, y Kerry estaba preciosa con él.

El jueves, a la una del mediodía, la familia, con ropa negra recién comprada, se reunió de forma solemne en la funeraria. Cuando Fran vio el cuerpo de Kerry en la caja, se desmayó.

—¡¿Por qué, por qué?! —aullaba la abuela de Aline, mientras Steve se apresuraba a sujetar a su esposa antes de que cayera al suelo. Pero Fran consiguió acumular la suficiente fuerza interior para colocarse en la fila de recibimiento cuando empezaron a llegar las visitas.

Mientras las cámaras de los noticiarios grababan desde el otro lado de la calle, iban llegando los vecinos, los profesores y los alumnos del instituto, así como los amigos de toda la vida. A las tres, la fila daba la vuelta a la manzana.

Aline se percató de que estaba pendiente de si aparecía Alan Crowley. Pero no había rastro de él. No sabía si sentirse aliviada o enfadada. Al recordar lo que su madre opinaba de él, concluyó que era mejor que no se hubiera presentado.

Algunas de las integrantes del equipo de *lacrosse* de Kerry llegaron junto con el entrenador, Scott Kimball. Era un hombre atractivo de cuerpo trabajado y cabello castaño oscuro. Como Aline llevaba tacones, tenía los ojos a la misma altura que él.

Con los ojos llorosos, Scott le tomó la mano en la fila de recibimiento.

—Sé cómo te sientes —aseguró—. Mi hermano pequeño murió con quince años, atropellado por un conductor que se dio a la fuga. No pasa un día sin que piense en él.

A Aline le parecía del todo inimaginable la vida cotidiana sin Kerry.

La inquietante pregunta de quién la había asesinado les rondaba la mente a todos. Aline oyó a su madre contarle a la gente que no le cabía la menor duda de que había sido Alan Crowley.

—Yo intentaba mantenerla apartada de él —murmuró Fran—. Con tantos chicos interesados en Kerry, no sé por qué eligió a ese. Siempre estaba celoso. Tenía mal carácter. Y ya veis lo que le ha hecho ahora.

La mañana del funeral, se respiraba un aire de principios de septiembre. Aunque el sol brillaba con fuerza, soplaba una brisa fresca. Avanzar por el pasillo detrás del ataúd de Kerry como parte del cortejo reforzó la sensación de irrealidad y distanciamiento que tenía Aline. Mi hermana y yo deberíamos estar juntas en la piscina, repasando la lista de cosas que debe llevarse a la universidad, no aquí, pensó. No aquí.

La homilía del padre Frank resultó reconfortante.

—No comprendemos por qué ocurren estas tragedias. Solo la fe nos proporciona el consuelo que necesitamos. —El sacerdote contó de nuevo la anécdota del hombre que había contemplado la alfombra persa desde el lado equivocado. A Aline le pareció más significativa ahora que durante la visita del pastor el día que ella había encontrado a Kerry en la piscina.

No lograba ahuyentar de su cabeza la duda de si Alan se atrevería a presentarse. Observó a las personas que se acercaban al comulgatorio, pero no los vio ni a él ni a sus padres. Menos mal. Mamá se volvería loca si lo viera, pensó. Pero mientras Aline y sus padres salían de la iglesia siguiendo el ataúd, vislumbró a Alan por unos instantes. Estaba arrodillado en el último banco, en el rincón más apartado, con el rostro oculto entre las manos.

17

La estudiante de segundo curso Valerie Long y su familia se habían mudado de Chicago a Saddle River debido al traslado laboral de su padrastro. La transición resultó aún más difícil porque habían cambiado de ciudad cerca de Navidad y Valerie había empezado a ir al instituto en enero.

Alta para su edad y con un aspecto más joven del que correspondía a sus dieciséis años, tenía los ojos verdes, el cabello negro azabache y la piel pálida. La promesa de una belleza futura se traslucía en su rostro. Valerie era hija única, y su madre, viuda, se había casado por segunda vez cuando ella tenía cinco años. Su padrastro era veinte años mayor que su madre. Rara vez veían a los dos hijos adultos de él, que vivían en California. Valerie estaba segura de que su padrastro la consideraba una carga, y su personalidad asustadiza y reservada había derivado en una timidez extrema.

El invierno anterior, en el colegio, Valerie se había visto excluida de las pandillas y amistades ya establecidas, lo que había dificultado aún más su adaptación. Las cosas habían empezado a cambiar para ella en primavera.

Ágil y con buena coordinación, había destacado como jugadora de *lacrosse* durante su primer año en el colegio anterior. Albergaba la esperanza de que, si conseguía entrar en el equipo de Saddle River, se le presentarían oportunidades de hacer nuevos amigos con mayor facilidad. Como de costumbre, las cosas no salieron como ella esperaba.

El entrenador Scott Kimball reconoció su talento de inmediato y la incorporó al equipo del instituto. Todas las jugadoras eran del último curso, excepto dos, de tercero, y ella. Aunque habría preferido jugar en el equipo júnior, con alumnas de primero y segundo, no quería decepcionar al entrenador ni a sus compañeras.

Kerry, la capitana, fue la primera en admirar la destreza de Valerie en el campo y también en percatarse de su timidez. Se esforzaba por charlar con ella y recalcarle lo buena que era. En esencia, se convirtió en su hermana mayor y en lo más parecido a una confidente que tenía Valerie.

La muerte repentina de Kerry fue un golpe tremendo para Valerie. No consiguió reunir el valor suficiente para asistir al velatorio ni al funeral, pero se quedó al otro lado de la calle, sola, contemplando cómo sacaban el ataúd de la iglesia y lo cargaban en el coche fúnebre. Mientras se alejaba, seguía siendo incapaz de sentir la liberación del llanto.

18

La mejor amiga de Marge era Brenda, la asistenta de los Crowley. Vivía con su esposo Curt, un fontanero jubilado, en Westwood, New Jersey, a pocos kilómetros de Saddle River. Curt Niemeier había trabajado varias veces en proyectos de construcción con Jack Chapman. Al igual que Jack y Marge, los Niemeier habían residido en una pequeña vivienda de una sola planta en Saddle River antes de que el precio de las propiedades inmobiliarias se disparara. Habían vendido la casa y se habían comprado otra cerca de allí, en Westwood, así como una pequeña segunda residencia en la costa de New Jersey.

Mientras Curt disfrutaba de su jubilación, Brenda era incapaz de estarse quieta. Durante sus primeros años de matrimonio, había trabajado como empleada del hogar para llevar algo de dinero a casa. Se dio cuenta de que el trabajo le gustaba y se le daba bien. «Hay personas que van al gimnasio. Yo hago ejercicio limpiando.» Decidió buscarse un empleo de ese tipo para que los días no se le hicieran tan largos. Como resultado, trabajaba tres días por semana por partida doble, como asistenta y cocinera.

Marge y ella habían permanecido muy unidas a lo largo de los años, y cuando Brenda le contaba algún cotilleo en confianza, sabía que la cosa no saldría de allí. Mujer de estatura mediana, cabello cano corto y hombros estrechos, apreciaba su trabajo en casa de los Crowley, pero no los apreciaba a ellos. June Crowley le parecía una tacaña y una estirada, y su esposo un muermo engreído. El único miembro de la familia que le caía bien era Alan. Al pobre chico le ha tocado aguantar a esos dos. Según ellos, no hace una a derechas. Cuando saca un sobresaliente, se quejan de que no sea una matrícula de honor.

Es verdad que tiene mal genio, pensaba Brenda a menudo, pero está claro que es por culpa de esos dos.

Cifraban sus esperanzas en que una universidad de la Ivy League admitiera a Alan en septiembre para poder presumir ante sus amigos.

Se pasaban el día encima de él, le confió Brenda a Marge.

—Si yo estuviera en su pellejo, habría solicitado la admisión en la Universidad de Hawái solo para alejarme de ellos.

»Yo no estaba allí el fin de semana que asesinaron a esa pobre chica, claro. Pero me imagino que cuando los Crowley se enteraron de que un poli había ido a hablar con Alan, pusieron el grito en el cielo. Por todo el pueblo me comentan que la gente cree que Alan la mató.

»Y por la forma en que se comportan los Crowley, te juro que a veces pienso que ellos mismos también lo creen.

19

La tarea de recoger los pedazos rotos tras la muerte de Kerry empezaba a conseguirse. Aline ayudó a su madre con las notas de agradecimiento a quienes habían enviado coronas de flores al velatorio.

Por un acuerdo tácito, habían cerrado la puerta de la habitación de Kerry. La cama, como recién hecha, estaba cubierta por la colcha azul y blanca que Kerry había elegido a los dieciséis años.

Su ropa estaba guardada en el armario. La perrita Lassie de lana que llevaba bajo el brazo cuando era una niña de apenas tres años estaba encaramada en un banco, frente a la ventana.

El plan original consistía en meter a Lassie en el ataúd, con ella, pero en el último momento Fran les había dicho a Steve y a Aline que quería conservarla.

La mujer se empeñaba en que encontraran a un contratista que rellenara la piscina y borrara todo rastro de que había existido. Steve la había convencido de que aceptara una solución intermedia. Cerrarían la piscina hasta el año siguiente. Ya decidirían en primavera si se deshacían de ella o no.

En los diez días previos a la apertura del instituto, Aline había intentado poner en orden sus pensamientos. Kerry y yo fuimos hermanas diferentes nacidas en el mismo nido, pensó. Ella era preciosa desde el momento en que abrió los ojos.

En aquel entonces, Aline era una niña escuálida de diez años con unos dientes que saltaba a la vista que habría que enderezar y un cabello castaño y apagado que le caía lacio sobre los hombros.

A pesar de todo, yo la adoraba. Nunca hubo rivalidad entre nosotras. Sencillamente éramos dos personas muy distintas. Yo le suplicaba a mamá que me dejara empujar su cochecito por la calle.

Pero había otras diferencias. Yo fui una lectora ávida desde muy pequeña. Me entregaba a los libros. Quería ser Jane Eyre, o Catherine, corriendo por los páramos con Heathcliff. Quería demostrar lo inteligente que era. Desde primero de primaria, me propuse ser la primera de la clase, y lo conseguí.

El único deporte al que me aficioné fue el tenis, que me encantaba porque era muy competitivo. «Cuarenta a cero» era música para mis oídos.

La Universidad de Columbia era mi primera opción, y conseguí ingresar en ella. Luego obtuve un máster en psicología.

Después llegó el compromiso con Rick. Nos conocimos cuando él cursaba un posgrado, y aquello fue un flechazo inmediato. Su estatura me hacía sentir pequeña, pero muy protegida.

Era casi vecino mío, de Hastings-on-Hudson, situado a solo cuarenta minutos de Saddle River. Según Rick, su objetivo era doctorarse y luego dar clases en la universidad, reflexionó Aline. Yo le decía que quería ser profesora de instituto, o tal vez orientadora escolar. O las dos cosas. Yo acababa de terminar el máster, y él el doctorado, cuando fijamos la fecha para la boda.

Fue hace cuatro años. Habíamos ultimado todos los preparativos para el gran día. Mamá y yo escogimos el vestido de novia. Iba a ponerme el velo con el que se había casado ella, rememoró Aline. Esa noche cenamos aquí, y luego Rick se fue a casa en coche.

La llamada de su padre se había producido tres horas después. Rick había sufrido una colisión frontal contra un conductor ebrio y había fallecido en el hospital. El conductor borracho no se había hecho ni un rasguño.

¿Cómo rehíce mi vida?, se preguntó Aline. Sabía que tenía que irme lejos. Por eso acepté el trabajo en la Escuela Internacional de Londres.

Fue hace tres años. Solo volvía a casa por Acción de Gracias y Navidad. Tres años esperando que el dolor remitiera, hasta que por fin empecé a despertar por las mañanas sin que Rick fuera lo primero que me venía al pensamiento.

Tres años de relaciones informales desde entonces, sin el menor interés por dejar que avanzaran.

Y durante el último año había sentido la necesidad de volver a casa, de estar en contacto a diario con sus padres y con todos los amigos que había dejado atrás.

En cambio, al regresar se había encontrado con que habían asesinado a su querida hermana menor. Hay algo que sí puedo hacer, pensó: quedarme a su lado para apoyarlos. Su intención era conseguir piso en Manhattan, pero eso podía esperar.

¿Quién le había arrebatado la vida a Kerry? ¿Quién podía haberle hecho algo así a alguien que prometía tanto, que tenía toda la vida por delante?

No volverá a suceder, juró Aline. Quien haya matado a Kerry pagará por ello. Mike Wilson me cae bien. Me parece listo y competente. Pero ¿cómo puedo ayudarlo?

Había una manera posible. La mayoría de los chicos que habían participado en la fiesta volverían a clase. Si alguno de ellos sabía algo que no le había revelado a Mike o a los otros agentes, tal vez se volvería más locuaz conforme pasaran los días.

Quizá la policía está centrándose en Alan Crowley, se dijo Aline. Sin embargo, a juzgar por lo que he oído, las pruebas contra él son contundentes pero no concluyentes.

Después de terminar el bachillerato, Aline había mantenido un estrecho contacto con Pat Tarleton, la directora. Un mes atrás, Pat le había escrito un correo electrónico para comunicarle que había una vacante en el departamento de orientación y preguntarle si estaba interesada.

Era el empleo que ella quería, y la oferta había llegado en el momento oportuno. Como Kerry iba a graduarse, se ahorraría la situación incómoda de tener que estudiar en el mismo centro en el que trabajaba su hermana mayor.

20

Marge vivía en un estado de animación suspendida. De forma instintiva, había notado que, cuando el detective Wilson los había visitado el día que habían encontrado el cadáver de Kerry, él se había dado cuenta de que Jamie la miraba pidiéndole su aprobación. Aunque ella creía que el chico no le había contado a nadie que había estado en la piscina de Kerry, siempre cabía la posibilidad de que se le escapara delante de alguien. El hecho de que a veces él se lo mencionara sin venir a cuento tampoco ayudaba mucho.

—Mamá, no le he dicho a nadie que fui a nadar con Kerry.

Marge se apresuraba a tranquilizarlo en voz baja.

—Es nuestro secreto, cariño. De los secretos no se habla.

Todos los días, después de dejar a su hijo en el supermercado Acme, ella contenía el aliento hasta que regresaba a recogerlo. Sin saber por qué, lo llevaba en coche tanto en el trayecto de ida como en el de vuelta, en vez de dejar que fuera andando.

En cuanto llegaban a casa, Marge le preguntaba con quién había hablado en el trabajo y sobre qué. En ocasiones, él finalizaba su respuesta con una sonrisa triunfal: «Y no le he dicho a nadie que fui a nadar con Kerry». Marge tenía sentimientos encontrados. Por un lado, quería controlar todas las conversaciones que mantenía Jamie a lo largo del día. Por otro, temía que comentarlo con él lo llevara a pensar aún más en lo que había sucedido la noche de la muerte de Kerry.

Las cosas empeoraron cuando de repente él comenzó a hablarle del muchachote del bosque. «Muchachote» era el apodo cariñoso que Jack le había puesto a Jamie.

—¿Qué pasa con el muchachote, Jamie? —le preguntó, intentando adoptar un tono despreocupado.

—Golpeó a Kerry y la tiró a la piscina —respondió él con toda naturalidad.

—Jamie, ¿quién es el muchachote? —se obligó a preguntar Marge.

—Papá me llamaba Muchachote. ¿Te acuerdas, mamá?

A ella se le secó la garganta.

—Me acuerdo, Jamie, me acuerdo —musitó.

Marge sabía que no podía llevar la carga sola. La consumía la preocupación de que la policía intentara incriminar a Jamie, sobre todo porque les había mencionado lo de nadar con Kerry, aunque sabía que no estaba bien ocultarles la verdad.

Pero si Jamie le contaba eso a la policía, lo compararían con Alan Crowley. Alan era de estatura mediana y más bien delgado. Jamie medía metro ochenta y cinco, y aunque no estaba gordo, era ancho de espaldas. A veces se refiere a sí mismo como «Muchachote», pensó Marge. Si se lo dice a los agentes, tal vez crean que el muchachote que Jamie describe es él mismo. Y si creen eso, quizá lo detengan.

El chico se asustaría mucho. Es tan fácil de manipular... Siempre quiere agradar a todo el mundo. Estaría encantado de decirles lo que ellos quisieran oír.

Marge notó de nuevo aquella opresión en el pecho que conocía tan bien. El médico le había indicado que se tomara un comprimido de nitroglicerina cada vez que le ocurriera. Al final del día se había tomado tres.

Dios mío, no dejes que me pase nada, suplicó. Me necesita más que nunca.

21

Las siguientes paradas de Mike eran las casas de las cuatro chicas que habían enviado mensajes de texto a Kerry después de la fiesta. Los padres de todas habían accedido a que las entrevistara.

Tocó el timbre de Betsy Finley y se presentaron ella y sus padres. Lo invitaron a pasar al salón. Betsy se sentó en un sofá, encajonada entre sus padres. Wilson se acomodó en el sillón situado enfrente.

Tal como hacía el agente Harsh durante sus entrevistas, empezó por aclarar que no tenía la intención de detener a nadie por beber o consumir drogas, pero que era muy importante que Betsy fuera sincera con él. Recalcó que solo estaba interesado en averiguar qué le había sucedido a Kerry.

Intentó formular las preguntas en un tono relajado. Después de que Betsy reconociera algo avergonzada que se había tomado un par de vodkas, determinaron la hora a la que había llegado a la fiesta y la hora a la que se había marchado.

—¿Hubo alguna pelea o discusión durante la fiesta? —preguntó Wilson.

Como era de esperar, Betsy le contó de inmediato que Alan y Kerry habían reñido porque ella estaba flirteando con Chris Kobel. Alan había sido el primero en irse, después del altercado. Betsy le explicó a Mike que todos los demás se habían marchado a la vez porque Kerry quería que abandonaran la casa antes de las once.

La entrevista no le sirvió a Mike más que para confirmar lo que ya sabía después de leer los mensajes de texto y de interrogar a Alan.

—¿Sabes quién llevó la cerveza y el vodka? —La pregunta impulsó a Betsy a negar con la cabeza.

—Las bebidas ya estaban allí cuando llegué a la fiesta, y fui la primera.

Obtuvo respuestas similares de las siguientes dos chicas que le habían mandado mensajes a Kerry. La que había escrito «Deja a Alan» le aseguró indignada que Alan no solo estaba disgustado o molesto, sino echando humo.

La última de las jóvenes que le habían enviado un mensaje de texto a Kerry después de la fiesta fue la que aportó el testimonio más valioso para Mike. Cuando le preguntó quién había llevado las bebidas alcohólicas a la fiesta, ella respondió:

—Kerry me dijo que el tipo que le había arreglado un pinchazo de su coche le había dicho que cuando celebrara una fiesta, él podría conseguirle todo el alcohol que quisiera.

Mike no se inmutó.

—¿Sabes cómo se llama el tipo que le arregló el pinchazo?

—Pues no.

—¿Kerry lo describió o mencionó dónde lo conoció?

—Creo que pinchó en la carretera 17, a la altura de Mahwah, y que él se detuvo en el arcén para ayudarla.

—¿Especificó dónde había quedado con él para que le entregara el alcohol de la fiesta?

—No, pero me contó que, cuando se encontraron, él metió las botellas y las latas en el maletero. Luego, cuando ella lo cerró, él le preguntó si podía ir a la fiesta. Kerry le contestó que solo era para sus amigos del instituto. Que no habría nadie de la edad de él. Según ella, el tío rondaba los veinticinco. Entonces él le propuso: «Bueno, a lo mejor podríamos vernos cuando tus amigos se hayan ido a casa». Ella le dijo que no, claro. De pronto, él la agarró e intentó besarla.

—¿En algún momento te describió a ese individuo?

—No. Me contó que, justo después de decirle que se largara, subió a su coche y se alejó.

—Entonces ¿no te dijo dónde se había reunido con él para recoger el alcohol?

—Creo que no. No lo recuerdo.

El detective miró a los padres.

—Les agradezco mucho que me hayan dado la oportunidad de hablar con su hija.

Tras despedirse, salió y se encaminó hacia su coche. Mientras conducía, no podía dejar de pensar en el hecho de que quizá había aparecido un sospechoso más del asesinato de Kerry Dowling.

22

El sol entraba a raudales por las ventanas de la rectoría. En el despacho del padre Frank, Marge estaba sentada enfrente de él. En vez de quedarse detrás de su escritorio, el pastor había acercado su silla a la de ella.

—Marge, me alegro de que hayas venido a verme. Cuando hemos hablado por teléfono te he notado muy preocupada. ¿Qué te ocurre?

—Es por Jamie. Está en apuros.

Hubo un silencio.

—Padre —dijo Marge al cabo de un rato con voz temblorosa—, Jamie estaba mirando la fiesta que se celebraba en casa de Kerry Dowling desde su ventana. Cuando se cayó a la piscina o alguien la empujó, él creyó que estaba nadando y fue a nadar con ella.

—¿Te lo contó él?

—De entrada no. A la mañana siguiente, descubrí que tenía el pantalón mojado, y también los calcetines y las zapatillas. Cuando le pregunté por qué, me dijo que había visto a alguien acercarse a Kerry, golpearla y tirarla al agua. Aun así, él creyó que podía ir a darse un chapuzón con ella, así que bajó los escalones de la piscina. —Marge respiró hondo—. Yo no sabía qué hacer, padre. Me tocó presenciar una escena terrible cuando Steve Dowling y Aline encontraron a Kerry en la piscina. Estaba asustada. Asustada por Jamie. Sus zapatillas y sus pantalones tenían manchas. A lo mejor hice mal, pero los lavé. Tenía que protegerlo. Lo obligué a prometer que no hablaría con nadie de lo sucedido esa noche.

—Marge, lo que Jamie vio podría serle muy útil a la policía.

—Ya, pero también podría meter a Jamie en un buen lío si creen que él lo hizo. —Marge inspiró profundamente—. Padre, eso no es todo. ¿Se acuerda de que Jack llamaba «Muchachote» a Jamie?

—Claro que lo recuerdo.

—Pues Jamie ha estado hablándome de un muchachote que empujó a Kerry a la piscina. Alan Crowley es de estatura normal y tirando a delgado. Jamie a veces se refiere a sí mismo como «el Muchachote». A veces se confunde cuando está alterado. Me da mucho miedo que si alguna vez declara ante la policía... —A Marge se le apagó la voz.

—Marge, ¿cabe la posibilidad de que Jamie le hiciera daño a Kerry?

—Estaba desilusionado, tal vez incluso enfadado, porque no lo había invitado a la fiesta, pero no lo veo capaz de hacerle daño.

—Sin embargo, cuando Jamie asegura que un muchachote la empujó a la piscina, ¿crees que es posible que se refiera a sí mismo?

Marge suspiró.

—No sé qué pensar. Él la quería. No puedo creer que la atacara. Un detective vino a hablar con nosotros. Me parece que no sospecha de él, pero no estoy segura.

—Marge, no quiero darte un consejo precipitado que pueda resultar equivocado. Deja que reflexione sobre lo que hemos hablado.

—Muchísimas gracias, padre. Y, por favor, rece por mí. Y por Jamie.

—Así lo haré, Marge. Te lo prometo.

23

Emocionados por el inicio de un nuevo año escolar, los estudiantes inundaron los pasillos. Al pasar junto a Aline, muchos se detenían para expresarle sus condolencias por lo de Kerry. Ella intentaba evitar que los ojos se le arrasaran en lágrimas mientras, uno tras otro, le manifestaban que no podían creer lo que le había ocurrido a su hermana. «Yo tampoco», respondía.

El día transcurrió como en un sueño nebuloso. Una vez que los autobuses escolares llegaron y partieron, y los profesores empezaron a irse a casa, Aline se sentó en su despacho. Intentó familiarizarse con los nombres de los alumnos de último curso de ese año. Sabía que una de sus tareas consistiría en ayudarlos a decidir en qué universidades solicitarían ser admitidos.

Estaba inquieta porque lo primero que había hecho al sentarse frente al ordenador había sido buscar la información que le había pedido Mike Wilson. Le preocupaba que, si se enteraban de que le había facilitado aquellos datos al detective, su primer día en el instituto de Saddle River fuera también el último. Esperaba que no.

Sonaron unos golpecitos en su puerta. Pat Tarleton la abrió y entró.

—Bueno, Aline, ¿cómo te ha ido tu primer día?

—Bien, dadas las circunstancias —respondió Aline con ironía—. Dicho esto, me gusta estar aquí. Y estoy deseando conocer a los alumnos y a mis colegas profesores.

—A propósito, te he visto charlar con Scott Kimball en la sala de profesores. Fue un gran fichaje del profesorado el año pasado. Sus clases de matemáticas son muy populares entre los alumnos. Y le ha venido como caído del cielo al programa de *lacrosse* femenino.

—Algunas jugadoras lo acompañaron al velatorio —comentó Aline fingiendo naturalidad.

—Y recuerdo que Kerry siempre hablaba de lo buen entrenador que era. Vale, solo quería pasar a saludarte. Te veo por la mañana.

Pat acababa de cerrar la puerta cuando sonó el teléfono de Aline. Era Mike Wilson.

—Aline, en alguna de las ocasiones en que Kerry se comunicó contigo por teléfono, mensaje de texto o correo electrónico, ¿mencionó que alguien se hubiera parado a ayudarla con un pinchazo?

Aline repasó a toda velocidad en su mente los últimos mensajes de correo electrónico de Kerry.

—No, que yo recuerde. Supongo que me lo preguntas por alguna razón concreta.

—Solo intento investigarlo todo a fondo. Una de las amigas de Kerry me contó que alguien que la ayudó a cambiar un neumático pinchado se puso un poco agresivo con ella cuando se negó a invitarlo a la fiesta. Seguramente no tenga importancia, pero quiero averiguar el nombre de esa persona.

—¿Crees que tal vez fue él quien...?

—Aline, seguimos todas las pistas que puedan resultar relevantes. Por eso necesito que les preguntes a tus padres lo del pinchazo.

—Claro.

—¿Cómo lo llevan?

—Sé que volver al trabajo le hace bien a mi padre. Mi madre lo lleva bastante mal.

—¿Volverán a casa esta tarde? A lo mejor Kerry les habló del pinchazo y del hombre que la ayudó. ¿Sabes a qué hora les vendría bien que los visitara?

—Mi padre suele llegar hacia las seis y media. Nunca cenamos antes de las siete y media. Diría que alrededor de las siete menos cuarto.

—Muy bien. Te veré a ti también a esa hora.

Aline pulsó el botón para apagar el ordenador. Se disponía a levantarse de la silla cuando alguien más llamó a la puerta. Scott Kimball entró en su despacho.

El entrenador de *lacrosse*, que también era profesor de matemáticas, impartía cursos de álgebra, geometría y cálculo. Estaba empezando su segundo año en ese instituto. Lo habían contratado el año anterior para sustituir a un profesor que se jubilaba, y el director deportivo había estado encantado de descubrir en Kimball a alguien que jugaba al *lacrosse* y que estaba dispuesto a entrenar. No tardaron en nombrarlo entrenador jefe del equipo femenino del instituto.

—Es solo una visita de cortesía —dijo—. ¿Cómo va todo?

—Mis abuelos han regresado a Arizona. Los echaré de menos, pero en cierto modo su ausencia facilita las cosas. Mi padre se ha reincorporado al trabajo. Mi madre está pasándolo muy mal. Como todos, claro. Pero está decidida a mantenerse lo más ocupada posible.

—Aline, sé que tal vez no sea el momento más oportuno, que tal vez sea algo prematuro, pero voy a tirarme de cabeza de todos modos. Me gustaría mucho invitarte a cenar. Me muero de ganas de probar un restaurante francés que han abierto hace poco en Nyack, a la orilla del Hudson. Me han contado que tanto la comida como la vista son espectaculares.

Aline vaciló. No cabía duda de que Scott era un hombre atractivo. Pero no estaba segura de que fuera buena idea hacer vida social... o, por llamar a las cosas por su nombre, salir con un compañero de trabajo.

—Aún no estoy preparada, pero ¿podemos hablar de ello dentro de un par de semanas?

—Por supuesto. Como ya sabes, estaré por aquí.

Y se marchó despidiéndose con la mano.

Aline pensó en la opinión de Kerry sobre Kimball al final de la última temporada. Es un entrenador excelente y un tipo genial. Era mucho mejor que su predecesor, Don Brown, que no tenía idea de lo que hacía. Apúntate un tanto, Kerry, pensó Aline. Por lo visto, no verías con malos ojos que fuera a cenar con Scott Kimball al restaurante con vistas espectaculares.

Salió del despacho, cerró la puerta con llave y se encaminó hacia el aparcamiento.

24

Fiel a su palabra, Mike Wilson llamó al timbre justo a las 18.45. Aline había avisado a sus padres de que el detective quería pasarse un momento por su casa. La reacción de su madre fue instantánea.

—Nos comunicará que han detenido a Alan Crowley.

—No, no se trata de nada de eso. Solo quiere preguntaros algo.

—¿Sobre Kerry? —intervino Steve.

—Sí, sobre un pinchazo que tuvo.

—Kerry nunca tuvo un pinchazo —repuso Steve con rotundidad.

—Bueno, pues se lo dices al detective Wilson.

Cuando Mike llegó, Aline quería evitar que la reunión se celebrara en la sala de estar. Era allí donde se encontraban los tres cuando Mike les había notificado que la muerte de Kerry no había sido accidental. En vez de la sala, propuso que pasaran al salón.

Una vez que se sentaron, Mike explicó el motivo de su visita repitiendo lo que le había comentado a Aline.

—Kerry no nos dijo nada de ningún pinchazo —aseguró Steve con firmeza—. Pero yo le había advertido que el neumático de atrás de su coche parecía muy gastado. Le insistí en que fuera al taller para que se lo cambiaran de inmediato. Si hubiera pinchado antes de ocuparse de ello, seguramente no habría querido contárnoslo.

—¿Se compró un neumático nuevo en algún momento? —añadió Mike.

—Sí. Me lo mostró hace unos diez días.

—¿Eso no reduce la horquilla de tiempo en la que pudo conocer a quien le cambió el neumático y le vendió la cerveza para la fiesta? —preguntó Aline.

—Y luego intentó forzarla —añadió Steve con amargura.

—Sí, suponiendo que ella consiguiera el neumático de repuesto justo después de tener el pinchazo. —Mike se puso de pie—. Esto podría sernos muy útil para seguirle la pista al tipo, sea quien sea.

—El único en el que deberían concentrarse es Alan Crowley —afirmó Fran con los ojos llenos de lágrimas.

Aline acompañó a Mike hasta la puerta.

—Me pregunto si mi madre tendrá razón respecto a Alan Crowley.

—Intentamos no fijar toda nuestra atención en el sospechoso más obvio. Estamos decididos a investigar todos los indicios relevantes. —A continuación, le formuló la misma pregunta que le había hecho Pat Tarleton—: ¿Qué tal tu primer día de trabajo?

—Un poco agobiante, como era de esperar. Pero tengo una pregunta. ¿Sabe alguien que te he proporcionado los datos sobre las fechas de nacimiento y las universidades en las que estudiarán?

—Nadie tiene idea de dónde he obtenido esa información.

—Mejor. Si no te importa, preferiría que siguieran sin saberlo.

—Por supuesto. Buenas noches.

Aline lo observó alejarse y esperó a que subiera al coche y arrancara.

Valerie sobrellevó el primer día de clases como una sonámbula. En todo momento tenía la sensación de que Kerry estaba allí. En el campo de *lacrosse*. Caminando a su lado con un brazo rodeándole los hombros en dirección a los vestuarios.

Una vez dentro, Valerie se moría de ganas de llorar. Pero, por alguna razón, todas las lágrimas se le atascaban en la garganta.

Mientras se dirigía al aula de su siguiente clase, vio en el pasillo a la hermana de Kerry, la nueva orientadora escolar. Llevaba una chaqueta azul marino y un pantalón de *sport*. Cuando pasó junto a ella, a Valerie le llamó la atención su belleza. Aunque era más alta que Kerry y tenía el cabello castaño oscuro, se le parecía mucho.

Lo siento, Kerry, pensó Valerie. Lo siento mucho.

25

Tal como habían planeado, los padres de Alan Crowley se reunieron con Lester Parker, un conocido abogado defensor. El chico los acompañó a regañadientes.

—Alan, vamos a repasar lo ocurrido en la fiesta —comenzó Parker—. Kerry Dowling era tu novia, ¿verdad?

—Sí, lo era.

—¿Cuánto tiempo llevabais en... esto... una relación?

—Un año.

—¿Es verdad que discutíais a menudo?

—Después nos lo tomábamos a broma. Kerry era muy coqueta y le gustaba hacerme enfadar. Pero siempre nos reconciliábamos.

—¿Y la noche de la fiesta? ¿Tuvisteis una pelea?

—Kerry se había bebido un par de vodkas. El alcohol se le subía enseguida a la cabeza, incluso cuando solo tomaba una copa de vino o dos. Así que, cuando Chris Kobel comenzó a ir detrás de ella, Kerry se puso a tontear con él.

—¿Habías bebido tú también?

—Sí, me había tomado un par de cervezas.

—¿Un par?

—A lo mejor tres o cuatro. La verdad es que no estoy seguro.

Alan fue muy consciente de las miradas iracundas que le lanzaron sus padres.

—Tengo entendido que te marchaste de la fiesta antes de que terminara. ¿Adónde fuiste?

—Sabía que unos amigos estarían en Nellie's, una pizzería de Waldwick. Me encontré con ellos allí.

—¿Te quedaste con ellos hasta que te fuiste a casa?

—No.

—¿Fuiste directo a casa de Kerry desde el restaurante?

—Sí.

—¿Dónde estaba ella cuando llegaste?

—Fuera, en el patio de atrás de la casa, limpiando.

—¿Qué dijo cuando te vio?

—Nada. Yo le dije: «Kerry, lo siento. Solo quiero ayudarte a limpiar».

—¿Y qué respondió ella?

—«Estoy cansada. Mañana me levanto temprano. Quiero irme a dormir ahora.»

—¿Y entonces te marchaste?

—Noté que hablaba en serio. No paraba de bostezar. Así que le dije: «Nos vemos mañana».

—¿Y qué pasó después?

—Dijo: «Vale, mañana hablamos».

—Entonces ¿qué hiciste?

—Le di un beso y un abrazo y me fui a casa.

—¿A qué hora llegaste a casa?

—Estábamos en nuestro cuarto —se apresuró a intervenir June—. Miré el reloj. Eran exactamente las once cincuenta y uno.

Una expresión de irritación asomó al rostro de Parker.

—Alan, ¿estás de acuerdo? ¿Fue alrededor de las once cincuenta y uno?

—No, creo que era un poco más tarde.

—Eran justo las once cincuenta y uno —insistió June—. Como ya le he dicho, yo estaba mirando el reloj cuando entró Alan.

Hubo un silencio hasta que Lester Parker se dirigió a los Crowley.

—¿Les importaría esperar fuera? Para ayudar mejor a Alan necesito oír los hechos de su boca. —Una vez que salieron y cerraron la puerta, añadió—: Alan, te ampara la confidencialidad entre abogado y cliente. Nada de lo que me digas saldrá de aquí. ¿Golpeaste de alguna manera a Kerry o la empujaste a la piscina?

—Para nada. —Tanto el semblante como el lenguaje corporal de Alan reflejaban una actitud fiera y defensiva—. ¿Qué sentiría si la ciudad entera creyera que es un asesino? —espetó—. ¿Qué sentiría si sus padres estuvieran tan seguros de que van a detenerlo que contrataran a un picapleitos de altos vuelos para defenderlo? ¿Qué sentiría si alguien asesinara a su novia, a la que quiere mucho?

A Alan le temblaron los labios. Lester Parker le escudriñó el rostro. Había oído a muchos acusados proclamar su inocencia, por lo que a menudo sabía distinguir a quienes mentían de los que decían la verdad. Aún no tenía claro su veredicto respecto a Alan Crowley mientras se preparaba para defenderlo.

—¿Cuándo te enteraste de que Kerry había muerto?

—El domingo, hacia el mediodía. Estaba fuera, cortando el césped, y había dejado el móvil dentro de casa. Cuando entré a por una botella de agua, vi que había recibido un montón de mensajes de voz y de texto. En cuanto leí uno, supe lo que había pasado. En ese momento llegó un detective y me pidió que lo acompañara a Hackensack.

—¿Le contaste exactamente lo mismo que me estás contando a mí?

—Pues sí.

—Alan, seguro que fue una experiencia aterradora para ti que te llevaran a la fiscalía y te grabaran en vídeo. ¿Dijiste algo durante el interrogatorio que no fuera verdad?

Alan vaciló antes de responder.

—Tranquilo, Alan —dijo Parker—. Estamos en confianza.

—Le dije al detective que me había quedado todo el rato en el restaurante con mis amigos y que me había ido directo a casa desde allí. No le conté que de camino pasé a ver a Kerry.

—De acuerdo. Hablemos del domingo por la mañana. Tengo entendido que tus padres se fueron temprano a jugar al golf. Cortaste el césped hasta que se presentó el detective y lo acompañaste a Hackensack. ¿Fuiste a algún sitio o hablaste con alguien después de regresar de Hackensack y antes de que tus padres llegaran a casa?

Alan se quedó callado un momento. Parker dejó su pluma sobre la mesa.

—Alan, no podré ayudarte de una forma eficaz si no eres sincero conmigo.

—Cuando regresé de Hackensack, estaba acojonado. Necesitaba que alguien respaldara mi testimonio de que me fui derecho a casa desde Nellie's.

—Y entonces ¿qué hiciste?

—Llamé a uno de los chicos con los que había estado. Los otros dos se hallaban en su casa. Les pedí que corroboraran mi historia de que me había quedado en Nellie's hasta la misma hora que ellos.

—¿Sabes si han hablado con la policía?

—Sí, han hablado.

—Entiendo.

Alan le facilitó a Parker los nombres de sus tres amigos y su información de contacto.

—Oiga, sé que me dejé llevar por el pánico y la cagué. Y sé que al mentir empeoré la situación. ¿Qué puedo hacer para empezar a arreglar las cosas?

Parker fijó los ojos en su cliente.

—Hay dos cosas que puedes hacer. A partir de ahora, no hables del caso con nadie aparte de tus padres y de mí. Si alguien se pone en contacto contigo, me lo envías a mí.

Alan asintió.

—Otra cosa que puedes hacer, cuando llegues a casa, es contarles a tus padres lo que acabas de decirme. Se van a enterar de todos modos, así que más vale quitarnos de encima esa conversación difícil cuanto antes.

26

Por la mañana, durante el desayuno, Steve anunció que volvería a casa temprano y que luego se iría al cine con Fran. Ella aún no había salido de su habitación.

—Creo que necesito sacar a tu madre de casa —le dijo Steve a Aline mientras se tomaba un segundo café rápido—. Se lo comenté anoche, cuando se marchó el detective Wilson, y ella se mostró de acuerdo. Está tan obsesionada con la idea de que Alan Crowley mató a Kerry que habla de ello con todo el mundo. Le dije que mientras no haya pruebas sólidas tenemos que mantener la mente abierta. Pero incluso después de que el detective Wilson nos contara lo del hombre que le vendió la cerveza a Kerry, sigue ofuscada con la culpabilidad de Alan. —Steve se acercó al fregadero y dejó allí su taza vacía—. Hay un cine de Norwood que pone clásicos una noche a la semana. Greer Garson sigue siendo una de las actrices favoritas de tu madre. Disfrutará viendo *Niebla en el pasado* en pantalla grande. Empieza a las cinco. Después la llevaré a cenar. ¿Quieres acompañarnos al cine, a cenar o a las dos cosas?

—Gracias, papá, pero quiero ir a la escuela a poner al día trabajo atrasado. Ya pillaré algo de cena de camino a casa.

La jornada siguiente en el instituto le resultó un poco más llevadera que la anterior. A Aline siempre se le había dado bien memorizar nombres y rostros. Cuando se cruzó con una estudiante en el pasillo, supo que la había visto antes y recordó dónde. Era la joven que estaba de pie, en la acera de enfrente de la iglesia, cuando terminó la misa por Kerry. Me pregunto por qué no habrá entrado, pensó Aline.

Estuvo en su despacho hasta las seis. Scott Kimball se asomó a la puerta, que ella había dejado entornada.

—Veo que estás trabajando hasta tarde otra vez —observó el profesor.

—Un poquito —respondió Aline.

—¿Hay alguna posibilidad de que cuando estés lista para irte quieras cenar conmigo? Sé que te lo pedí ayer mismo, pero se me acaba de pasar por la cabeza preguntártelo. A lo mejor te vendría bien salir un poco de la rutina.

—¿Pretendes tentarme con el restaurante francés del que me hablaste?

—Ya lo creo.

—En ese caso, mi respuesta es *oui*.

Se rieron a la vez.

Aline declinó la oferta de Scott de ir con él en su coche y en vez de eso cogió su propio vehículo para ir al restaurante La Petite. Scott le había dicho que vivía en Fort Lee. Tener que llevarla de vuelta al instituto para que recogiera su coche habría implicado un desvío demasiado grande.

Durante el trayecto, empezaron a asaltarla las dudas. Se reprendió a sí misma por haber accedido a cenar con él. Repasó en su mente las razones por las que era imprudente alterar la relación laboral entre dos miembros del profesorado que trabajaban en el mismo instituto. Solo por esta vez, se dijo. Será la primera y la última.

En el restaurante empezó a relajarse. La Petite resultó ser tan bueno como había prometido Scott. Cuando daba clases en la Escuela Internacional de Londres, era bastante fácil tomar el tren para cruzar el Eurotúnel y visitar París. Durante los tres años que había vivido en Inglaterra, realizaba ese viaje cada pocos meses. Se alojaba en un pequeño hotel de la margen izquierda con vistas a la catedral de Notre Dame. Iba con frecuencia al Louvre y a otros museos, y daba paseos en barco por el Sena.

De rebote, había desarrollado una pasión por la cocina francesa. Y al mismo tiempo había pulido su don natural para las lenguas. Su objetivo era llegar a hablar francés con fluidez y sin acento estadounidense. Cuando el camarero se presentó con un deje francés, ella aprovechó la oportunidad para practicar.

Para su sorpresa, Scott siguió su ejemplo. Tenía un buen dominio del francés, aunque un acento americano muy marcado.

Después de explicarles los platos del día, el camarero les tomó nota.

—Cuando estaba en la universidad, estudié un semestre en Francia —dijo Scott mientras bebían un sorbo del burdeos que él había elegido—. Se trataba de un programa en el que tomaba clases de francés y vivía con una familia francesa.

—¿Inmersión total? —preguntó Aline.

—Esa era la idea —respondió Scott con una risita—, pero cuando estaba con los otros estudiantes no era raro que se me escapara el inglés.

—Cómo me gustaría haber tenido una oportunidad como esa —comentó Aline.

—Pues para no haberla tenido, tu francés es bastante mejor que el mío.

—Hay una razón para eso. —Le habló de sus frecuentes viajes a París.

Intercambiaron impresiones sobre los distintos sitios que habían visitado en París y alrededores. La conversación derivó hacia el instituto, y Scott compartió con ella sus opiniones sobre sus colegas profesores y la administración. No fue hasta que les habían llevado el café cuando mencionó a Kerry.

—Aline, lo he pasado genial esta noche. Una parte de mí querría hablarte de la joven tan maravillosa que era Kerry, pero no quiero tocar un tema que pueda incomodarte.

—No, no pasa nada. Veía a Kerry con ojos de hermana mayor. Si pudiera volver atrás, no pasaría tanto tiempo alejada de ella como en los últimos tres años. ¿Cómo fue para ti ser su entrenador?

—Era de lo más especial. No era la mejor jugadora del equipo, pero jugaba muy bien, y tenía una aptitud natural para el liderazgo. Lo más elogioso que puede decirse de una jugadora es que el nivel de sus compañeras mejoraba cuando ella estaba en el campo.

Cuando la velada terminó y Aline conducía en dirección a casa, se dio cuenta de que había disfrutado mucho con la cena. Scott era un tipo muy simpático y una agradable compañía.

27

Los resultados de la autopsia revelaron que Kerry había muerto en el acto a causa de un fuerte golpe en la parte posterior del cráneo. Apenas tenía agua en los pulmones, lo que indicaba que ya no respiraba después de recibir el golpe. La concentración de alcohol en la sangre era del 0,06, el equivalente al consumo de dos o tres copas para una persona de su tamaño. No había signos de agresión sexual.

Los análisis del palo de golf realizados por el laboratorio estatal confirmaron que se trataba del arma homicida. Los pelos adheridos a la cabeza del *putter* coincidían con las muestras del cabello del cadáver. La sangre que salpicaba el palo contenía ADN de Kerry.

Aunque sería casi imposible obtener huellas dactilares de la empuñadura de goma, había cinco huellas identificables en el mango que podrían compararse con las de un posible sospechoso.

Mike inició el proceso de identificación con una visita a Steve y a Fran Dowling. Tal como imaginaba, fue una reunión difícil. Se presentó de nuevo a las 18.45, hora en que sabía que Steve estaría en casa. Cuando explicó por qué estaba allí, Fran tuvo una reacción cercana a la histeria.

—¿Me está diciendo que alguien utilizó nuestro palo de golf para matar a mi niña?

—Fran, el detective Wilson necesita averiguar de quién son las huellas digitales encontradas en el palo. Obviamente, quiere saber cuáles son nuestras para descartarlas.

—Pueden tomárselas en la comisaría de Saddle River —dijo Mike—. Ellos las enviarán a la fiscalía.

—Iremos mañana por la mañana —le aseguró Steve.

Aline abrazó a su madre por los hombros.

—Mamá, todos queremos que atrapen a quienquiera que hirió a Kerry.

—Fue Alan Crowley —afirmó Fran, como ya había dicho antes. Volviéndose hacia Wilson, preguntó—: ¿Ya tienen sus huellas?

—Sí, pero hay que esperar a que el análisis de huellas esté completo.

Aline lo acompañó de nuevo hasta la puerta.

—Mike, he estado dando vueltas y vueltas al mensaje de texto que me mandó Kerry el día anterior a la fiesta. Lo digo con todo el cariño: Kerry a veces se ponía un poco melodramática. Ya fuera tras una riña con un novio o una discusión con un profesor, siempre expresaba de inmediato lo que sentía. En el mensaje que mandó el día antes de la fiesta aludía a algo «muy importante», pero no especificaba a qué se refería. Eso era impropio de Kerry.

—Aline —dijo Mike—, sé lo duro que resulta esto para ti. Pero veo que eres un gran consuelo para tus padres. —Le rozó la mano cuando ella le abrió la puerta—. Os prometo, a ti, a tu madre y a tu padre, que averiguaremos quién os hizo esto a Kerry y a vosotros, y que esa persona pasará una larga temporada a la sombra.

—Y tal vez para entonces podremos intentar rehacer nuestras vidas —dijo Aline, aunque no sonaba muy convencida.

28

Bobby, Rich y Stan compartían un sentimiento de culpa después de haber mentido por Alan. El detective los había interrogado uno por uno, y todos se habían ceñido a la historia convenida: «Alan llegó a Nellie's hacia las diez y media y se marchó al mismo tiempo que nosotros, alrededor de las once cuarenta y cinco».

Rich incluso declaró que Alan les había comentado que pensaba ir a ver a Kerry por la mañana para hacer las paces.

Stan le contó a Mike Wilson que, aunque Alan estaba enfadado al llegar a Nellie's, se le había pasado al cabo de poco rato.

Bobby le dijo de forma espontánea que, según Alan, Kerry le vacilaba a menudo porque le gustaban las reconciliaciones.

Cuando Mike les preguntó si sabían quién le había vendido la cerveza a Kerry, ellos aseguraron con total sinceridad que no tenían la menor idea.

Sin embargo, después de hablar con Mike se reunieron para discutir sobre la posibilidad de que Alan perdiera el control y reconociera que se había ido de Nellie's antes que los demás, había regresado a casa de Kerry y la había matado.

Si esto ocurría, ¿qué les pasaría a ellos? ¿Acabarían en la cárcel por mentir?

A los tres les preocupaba esta posibilidad, como grupo y a título individual.

Por más que intentaban convencerse unos a otros de que no había peligro, no dejaban de imaginarse que los detenían y los enviaban a prisión.

29

Aline estaba segura de que sabía por qué Marge no había llevado a Jamie a las exequias. Desde que Jamie había nacido, los Chapman y los Dowling habían mantenido una relación muy cordial. Kerry y Jamie habían sido amigos de toda la vida. Qué difícil debe de resultarle a él entender que ella se ha ido para siempre, pensó Aline.

Steve había hecho construir la piscina cuando Kerry tenía diez años. Jamie siempre quería ir a nadar cuando Kerry estaba allí. Si él se encontraba en el jardín, Kerry llamaba a Marge y le pedía que lo dejara ir a darse un chapuzón. Jamie imitaba todos los movimientos de Kerry en la piscina hasta que aprendió a nadar de forma bastante aceptable.

Aline siempre había sabido cuánto adoraba el chico a Kerry, y sabía cuánto la echaría de menos. Cuando los de la empresa de mantenimiento llegaron para cerrar la piscina antes del invierno, advirtió que Jamie los observaba desde el otro lado del seto que separaba los dos patios traseros. Llevada por un impulso, Aline se acercó a hablar con él.

—Jamie, ¿cómo estás?

—Triste.

—¿Por qué estás triste, Jamie?

—Porque Kerry se fue a nadar y luego subió al cielo.

—Lo sé, Jamie. Yo también estoy triste.

—Mi papá se fue al cielo, así que Kerry está con él.

A Jamie se le llenaron los ojos de lágrimas. Aline sintió que estaba a punto de venirse abajo. No quería romper a llorar delante de él.

—Hasta pronto, Jamie —dijo, antes de entrar de nuevo en casa.

30

Mike Wilson decidió que su siguiente paso sería ir a Nellie's para confirmar sobre qué hora habían estado allí Alan y sus amigos y cuándo se habían marchado. Cuando telefoneó al restaurante, el encargado le aseguró que el mismo personal que había trabajado el sábado estaría allí esa tarde.

No le costó mucho identificar a la camarera con la que quería hablar. Glady Moore había estado comentándole a todo el mundo que había atendido a Alan Crowley la noche que habían asesinado a esa pobre chica. Wilson llegó al restaurante a las siete y mantuvo un breve diálogo con Glady, que le dijo que en un cuarto de hora podría tomarse un descanso para conversar con él.

El tentador aroma a pizza le recordó que tenía hambre. Pidió una pizza margarita y una jarra de cerveza.

Tal como le había prometido, Glady se acercó a su mesa y se sentó delante de él.

—Kerry venía a menudo con sus amigos —comentó—. Era una chica preciosa. Y pensar que la asesinaron justo la misma noche en que yo estaba sirviéndoles pizzas a esos chicos...

—¿Recuerdas a qué hora llegaron al restaurante?

—Todos menos Alan Crowley, el novio, aparecieron hacia las diez. Había partido de los Yankees, así que se sentaron los tres cerca de la barra para verlo.

—¿Cuándo se les unió Alan? —preguntó Mike.

—Eran cerca de las diez y media. Tendría que haberle visto la cara.

—¿A qué te refieres? —quiso saber Mike.

—Se lo veía muy enfadado. Parecía que quisiera matar a alguien. No estuvo muy amable conmigo. No pidió nada. Solo señaló las pizzas que estaban comiendo los otros chicos para enseñarme lo que quería. Entre usted y yo, creo que prefería no hablar porque había estado bebiendo. Cuando le llevé su pedido, estaba tecleando algo en su móvil.

—Entiendo —dijo Mike—. Así que llegó a las diez y media. Pongamos que le tomaste nota hacia las diez treinta y cinco. ¿Cuánto se tarda en preparar una pizza?

—Unos diez minutos.

—Así que le serviste su pedido hacia las diez cuarenta y cinco. ¿Qué pasó luego?

—Cuando terminó de cenar, simplemente se marchó, sin pagar.

—¿Recuerdas más o menos a qué hora?

—Vamos a ver... Estuvo un rato hablando con los chicos. Me di cuenta de que volvía a estar distraído con el teléfono, tecleando.

—¿Qué hora crees que era cuando se marchó?

—Sé que eran las once pasadas; no más tarde de las once y cuarto.

—Centrémonos en sus tres amigos. ¿Recuerdas a qué hora se fueron?

—Se quedaron hasta que acabó el partido.

Según las comprobaciones de Mike, el partido había terminado a las 23.46.

—Gracias, Glady. Me has ayudado mucho. Es posible que más adelante te cite en mi oficina para que prestes declaración oficial.

Se dibujo una sonrisa de satisfacción en el rostro de Glady.

—Me encantaría. Puedo ir cuando quiera.

Mike se levantó para marcharse.

—¿Al final te pagó alguien la pizza de Alan?

—Uno de sus amigos se hizo cargo.

Mike se dirigió a la fiscalía, donde lo esperaba Artie Shulman, fiscal adjunto y jefe de la unidad de homicidios.

—Artie, ¿podemos hablar en mi despacho? —preguntó Wilson—. Nos resultará más fácil.

Mike tenía una serie de pizarras blancas colgadas en la pared. La primera mostraba en orden alfabético los nombres de los chicos que habían asistido a la fiesta de Kerry. Casi todos estaban en tinta negra. Los siete escritos en rojo correspondían a los menores de dieciocho años.

A la izquierda de cada nombre constaba la fecha en que Mike o algún miembro de su equipo había interrogado al estudiante, o bien una gran R. Mike explicó que la R significaba que habían rehusado someterse al interrogatorio o, si eran menores de edad, que sus padres no se lo habían permitido. Había ocho nombres precedidos por una R. A la derecha de cada uno, aparecía una fecha de agosto o septiembre, que indicaba el día en que el alumno partiría a la universidad.

En la segunda pizarra había ocho nombres. Correspondían a jóvenes que aseguraban haber presenciado la discusión entre Alan y Kerry durante la fiesta. Una M a la derecha de los nombres señalaba a las chicas que le habían enviado un mensaje de texto a Kerry cuando la fiesta había terminado.

En la tercera pizarra figuraban los nombres de los tres supuestos testigos que corroboraban la coartada de Alan Crowley.

Artie contempló las pizarras.

—Dos de los alumnos que fueron testigos de las discusiones ingresarán en universidades del Medio Oeste, y otro se va a California —explicó Mike—. Supongo que, por motivos presupuestarios, Matt Koenig preferirá que concluya los interrogatorios en New Jersey a que vuele hasta la otra punta del país —agregó, refiriéndose al fiscal del condado.

—Has acertado de lleno —convino Artie.

Mike lo puso al corriente de sus avances en la investigación.

—Tenemos la orden judicial para pedir el registro de llamadas del teléfono móvil de Alan Crowley. Miente respecto al rato que estuvo en el restaurante. Su teléfono se conectó a una torre situada muy cerca de la casa de la víctima, en el otro extremo de Saddle River, a las 23.25. Queda bastante claro que regresó a casa de la víctima al salir de Nellie's.

—¿Y qué me dices de los amigos de Crowley que respaldan su coartada?

—Da la impresión de que les pidió que mintieran por él, y así lo hicieron. Me comunicaré con los tres y les pediré que vengan para tomarles una declaración formal. Cuando les lea la cartilla respecto a lo que puede pasarte si mientes a la policía, estoy seguro de que se les refrescará la memoria.

—Hemos confirmado que el palo de golf es el arma homicida —dijo Schulman—. ¿Alguna novedad en la identificación de las huellas dactilares encontradas en él?

—Sí, pero eso va a suponer un problema —respondió el detective.

—¿Por qué?

Mike cogió un informe de su mesa y pasó una página.

—Según el laboratorio, hay cinco huellas identificables distintas en el palo, todas en el mango de acero. Hay numerosas huellas en la empuñadura de goma, pero están tan emborronadas que resultan inutilizables.

—¿Algo en la cabeza del palo?

—No.

—¿Y eso adónde nos lleva?

—Hay huellas del pulgar de Alan Crowley en el palo. Los

Dowling, padres de la víctima, nos han facilitado las suyas. Hemos comprobado que cada uno dejó una huella en el palo. Lo que significa que nos quedan dos huellas por identificar.

—¿Cuál es nuestro siguiente paso?

—Ese es el problema. Varios de los invitados a la fiesta que estuvieron un rato fuera, en el jardín trasero, reconocieron haber jugado en el *green* o bien me proporcionaron los nombres de los chicos que se turnaban para golpear la bola con el palo.

—¿O sea que un montón de chicos manipuló el arma homicida?

—Así es. Ni uno solo de los ocho varones que sé que tocaron el palo tiene antecedentes penales.

—¿O sea que no tenemos registradas sus huellas?

—Aunque la mayoría de los estudiantes que estuvieron presentes en la fiesta accedieron a que los interrogáramos, estoy casi seguro de que toparemos con mucha resistencia si les pedimos que nos dejen tomarles las huellas.

Artie asintió.

—No podemos solicitar a un juez que los obligue porque no son sospechosos.

—En efecto.

—¿Habéis conseguido determinar la hora de la muerte? —preguntó Artie.

—El informe forense no nos ha ayudado mucho en eso. El agua de la piscina estaba a treinta grados. En un agua tan caliente, los tejidos del cuerpo se degradan con rapidez. Sabemos que aún seguía con vida a las once y diez de la noche del sábado, cuando envió su último mensaje de texto. La familia la encontró en el agua a las once y cuarto de la mañana del domingo. Por lo tanto, lo máximo que permaneció en el agua fueron doce horas.

—¿O sea que es posible que la asesinaran a las cuatro de la madrugada?

—Sí, aunque muy improbable. En su declaración, Alan Crowley dijo que Kerry iba a limpiar el jardín y luego a acostarse. El mensaje de texto que le mandó a él dice lo mismo. Estuve en la finca. Le habrían bastado diez minutos para terminar de limpiar el jardín trasero.

—Entonces ¿no hay indicios de que ella se fuera a la cama y luego Crowley la obligara a salir otra vez?

—No, ni uno. En cambio, sí que hay indicios de que no se acostó esa noche. Hemos echado un vistazo a su habitación. La cama estaba hecha.

—Eso no nos dice mucho. Por lo que sabemos, podría haberse ido a dormir al sofá.

—De acuerdo. Pero la autopsia reveló que en el momento de la muerte aún llevaba puestas las lentes de contacto.

—Hay gente a la que se le olvida quitárselas, sobre todo si ha bebido.

—He hablado con la hermana de la víctima. Según ella, Kerry nunca se habría olvidado. En una ocasión, se las dejó puestas durante toda la noche y pilló una infección grave. Desde entonces, se las quitaba religiosamente antes de irse a dormir.

—Entonces ¿a qué hora crees que tuvo lugar el asesinato?

—Entre las once y diez, momento en que envió su último mensaje, y unos diez minutos después, cuando habría terminado de limpiar el jardín.

—Justo a la hora en la que Crowley regresó a la casa.

—Artie, creo que si interrogas a los amigos de Crowley que estuvieron en Nellie's y ellos confirman que mintieron, tendremos motivos más que suficientes para detener a Alan Crowley. Estuvo en la fiesta. Se puso celoso. Le escribió a Kerry mensajes llenos de rabia. Los registros telefónicos muestran que regresó a casa de ella para verla de nuevo después de la fiesta y luego mintió sobre eso. Les pidió a sus amigos que mintieran. Sus huellas han aparecido en el arma homicida. Él negó haberla tocado la noche de la fiesta.

—¿Cómo van las averiguaciones sobre el buen samaritano que le cambió el neumático?

—Según la amiga de Kerry, ella le dijo que, después de venderle la cerveza, el tipo se puso agresivo e intentó besarla. Pero un par de amigas suyas aseguran que era muy coqueta. A lo mejor exageró al narrar el incidente. Era una joven muy bonita. Por el momento, nuestros intentos de localizarlo prácticamente no han dado fruto.

—Ojalá tuviéramos ese cabo atado, aunque en realidad todo apunta a que Crowley es el culpable.

—Pero no podemos volver a hablar con Crowley porque Lester Parker no nos deja.

—Está bien. Infórmame una vez que hayas interrogado a sus tres amigos. ¿Cuándo podrás entrevistarte con ellos?

Wilson echó un vistazo a la tercera pizarra blanca.

—Uno de ellos va a tomarse un trimestre libre. Dos van a universidades locales y han accedido a volver. Vendrán a verme esta tarde.

31

Bobby, Stan y Rich recibieron la llamada telefónica que tanto temían. El detective Mike Wilson les explicó que la información que le habían proporcionado durante la primera conversación con él era de vital importancia para la investigación. Quería que acudieran a Hackensack a prestar declaración. Los tres habían aceptado ir juntos a la fiscalía esa tarde, a las cuatro y media.

Mike los llevó a la sala de interrogatorios. Por lo general, se entrevistaba con los testigos por separado, pero pensó que sería más eficaz cuestionar el testimonio de los tres a la vez. A todos les sudaban las manos cuando se sentaron en unas sillas a un lado de la mesa de conferencias. Encendió la cámara de vídeo. Comenzó con delicadeza.

—Alan es vuestro amigo, ¿verdad? Todos jugabais al béisbol con él.

Los tres asintieron.

—Es muy lógico querer ayudar a un amigo que está en apuros —prosiguió Mike—. Yo mismo lo he hecho. Estoy convencido de que es lo que hicisteis todos la última vez que hablé con vosotros. Pues bien, la situación ha cambiado. Sé mucho más sobre lo que ocurrió esa noche y sobre dónde estaba cada uno. Así que voy a formularos unas preguntas. Es vuestra oportunidad de rectificar. Si me mentís hoy, seréis acusados de perjurio y obstrucción a la justicia. —Mike hizo una pausa—. Y tal vez también de encubrimiento de asesinato. Bien, empecemos.

Las palabras salieron a borbotones de las bocas de los tres chicos.

—Alan se fue de Nellie's antes que nosotros. No sabíamos que nos meteríamos en un lío. Cuando Alan nos llamó, parecía muy asustado. En cuanto mentimos por él, supimos que estábamos cometiendo un error.

—De acuerdo. Vamos por partes —dijo Mike—. ¿A qué hora se marchó Alan de Nellie's?

Desesperados por ser lo más precisos posible, los tres convinieron en que había sido hacia las once y cuarto.

—¿Os comentó adónde iba? —preguntó Mike.

—Kerry le había enviado un mensaje en el que le pedía que no fuera a verla hasta el día siguiente —contestó Stan—. Pero él dijo que quería arreglar las cosas esa noche.

—¿Así que os dio la impresión de que al dejar Nellie's se iría directo a casa de Kerry?

—Sí.

—¿Sabríais decirme si Alan había bebido antes de reunirse con vosotros en Nellie's?

Hubo un momento de silencio. Entonces los tres movieron la cabeza afirmativamente.

—¿Un poco? ¿Mucho? ¿Cuánto?

—Estaba un poco borracho cuando llegó a Nellie's, pero después de la pizza y el refresco, se le pasó bastante —aseguró Rich.

Los tres afirmaron que estaban juntos en la piscina de Stan la tarde del domingo, cuando Alan los telefoneó para pedirles que mintieran por él.

—Os agradezco que hayáis venido. Habéis hecho lo correcto al decirme la verdad.

Mientras los observaba marcharse, a Mike le pareció que

nunca había visto a nadie tan contento por largarse de allí como a aquellos tres.

Al regresar a su despacho, llamó a Artie. El fiscal y el detective convinieron en que había llegado el momento de detener a Alan Crowley.

32

June y Doug Crowley se sentían un poco más tranquilos tras su reunión con Lester Parker. Volvieron directos a casa, con Alan. Una vez dentro, June se dirigió al cuarto de estar y se puso cómoda con un suspiro de satisfacción. Doug y Alan entraron tras ella.

—Puede que Lester Parker cobre mucho, pero creo que vale la pena —observó June. La expresión le cambió—. Fran Dowling le asegura a todo el mundo que tú mataste a Kerry —dijo a Alan—. Tendré que pedirle a Parker que escriba una carta muy seria en la que le advierta que la demandaremos si sigue con sus difamaciones maliciosas.

—Estoy de acuerdo —terció Doug con vehemencia.

Ambos miraron a Alan esperando su aprobación.

—Mamá, papá, hay algo que tengo que deciros.

A June se le heló la sangre. Oh, Dios mío, pensó, ahora confesará que la mató.

—No fui sincero con vosotros ni con el detective de Hackensack respecto a dónde estuve después de abandonar la fiesta. Es verdad que fui a Nellie's, pero antes de volver a casa pasé a ver a Kerry.

—Alan, no nos digas que la mataste —le suplicó June.

Doug, que había palidecido de pronto, se agarró con fuerza a los brazos de la silla preparándose para lo peor.

—¿Que la maté? ¡Eso habéis creído los dos desde el principio! —espetó Alan—. Os diré lo que sucedió en realidad. Volví para reconciliarme con Kerry y ayudarla a limpiar. Hablamos durante unos minutos. Me dijo que estaba cansada, que se iba a dormir y que se levantaría temprano para terminar de recoger. Le di un beso de buenas noches y me fui derecho a casa.

—Entonces ¿por qué le mentiste al detective? —preguntó Doug.

—Porque sabía que si le decía la verdad despertaría sospechas. Discutimos en medio de la fiesta y todos nos vieron. Le mandé unos mensajes bastante desagradables que seguro que la poli ha leído. Temía que si reconocía que había regresado a su casa, ellos se llevaran una idea equivocada.

—Alan —dijo June—, sabes que tu padre y yo te apoyamos incondicionalmente.

—¡Incondicionalmente! ¿Y eso qué significa? ¿Que me apoyáis aunque la haya matado? —Alan se puso de pie—. Pues para que lo sepáis: no solo mentí al detective. Les pedí a mis amigos que mintieran diciendo que había estado en Nellie's con ellos cuando en realidad me había ido a casa de Kerry.

Doug y June se quedaron demasiado aturdidos para reaccionar. Alan miró a su madre.

—Más vale que no le enviéis esa carta a la señora Dowling —añadió con amargura, y salió de la habitación con paso furioso.

33

Brenda estaba en la cocina cuando oyó voces airadas que salían del cuarto de estar. Como conocía cada palmo de la casa y estaba dotada de un oído excepcional, sabía exactamente adónde debía ir cuando quería escuchar las conversaciones de los Crowley. Salió de puntillas de la cocina, avanzó por el pasillo y se escondió en el pequeño aseo situado junto al cuarto de estar. Llevaba consigo un rollo de papel de cocina y una botella de limpiacristales por si tenía que fingir que trabajaba.

Las palabras «le mintió al detective» se arremolinaron en su mente. Como siempre había compadecido a Alan por lo exigentes que eran sus padres con él, empezó a hacerse preguntas. ¿Por qué le había dicho mentiras a la poli? Era imposible que le hubiera hecho daño a Kerry.

Brenda se moría de ganas de hablar con Marge cuando terminara de prepararles la cena a los Crowley.

Se alegró de ver el coche de Marge mientras subía por su calle. Cuando le abrió la puerta y la invitó a entrar, señaló hacia la planta de arriba.

—Brenda, Jamie tiene un día muy malo. Ha estado llorando porque echa de menos a Kerry —murmuró con voz cansada.

—Oh, Marge, lo siento mucho.

—Le pasa cada dos por tres. La añora tanto... Creo que perder a Kerry ha reavivado su tristeza por la muerte de Jack.

—Es natural que eche de menos a Kerry y a su padre —comentó Brenda con empatía—. Pero espera a que te cuente la última noticia.

Brenda aguardó hasta que ambas estuvieron sentadas a la mesa de la cocina y Marge hubo puesto la tetera al fuego.

—Marge, ¡no te vas a creer lo que Alan les ha dicho a sus padres! —comenzó a decir Brenda.

34

A las seis cuarenta y cinco de la mañana siguiente, el teléfono de la mesilla de noche comenzó a sonar y despertó a Fran y a Steve. Ella lo buscó a tientas, lo cogió y se incorporó. Era Mike Wilson, para comunicarle que iban en camino para detener a Alan Crowley por el asesinato de Kerry. Lo llevarían a la cárcel del condado de Bergen, en Hackensack, y lo harían comparecer ante un juez en un plazo de un par de días. La lectura de cargos estaría abierta al público, de modo que los Dowling podrían asistir.

—Señora Dowling —añadió Mike—, llegaremos dentro de unos minutos. No comparta esta información hasta que la llame de nuevo para confirmarle que hemos encontrado a Alan en casa y que lo tenemos bajo custodia.

Fran dejó el teléfono en su sitio.

—¡Steve, muy buenas noticias! —exclamó—. Yo tenía razón. Van a detener hoy a Alan Crowley por matar a Kerry.

Un cuarto de hora después, June y Doug Crowley despertaron sobresaltados por un aporreo insistente en la puerta principal y el sonido del timbre. Ante la sospecha instintiva de que esa brusca intrusión anunciaba un problema, June agarró su bata y bajó las escaleras a toda prisa.

Abrió la puerta de un tirón y vio a dos hombres vestidos de paisano que flanqueaban a un policía uniformado. Aunque ella no lo sabía, había otro agente de uniforme apostado en el jardín trasero, por si Alan intentaba huir.

—Señora, soy el detective Wilson, de la fiscalía del condado de Bergen. Traemos una orden de detención contra Alan Crowley, y una orden de registro de la finca —la informó Mike—. ¿Está él en casa en estos momentos?

—A mi hijo lo representa un letrado, Lester Parker. ¿Han hablado ya con él?

—Su hijo tiene derecho a hablar con su abogado más tarde. Ahora hemos venido a detenerlo.

Sin que nadie lo invitara, Wilson abrió la puerta de un empujón y, pasando al lado de Jane Crowley, entró en la casa. Su colega detective y el agente lo siguieron.

Mientras tanto, Doug y Alan habían bajado las escaleras dando tumbos, a tiempo para oír la palabra «detenerlo». El chico se aferró al brazo de su padre cuando comprendió lo que eso implicaba. No llevaba más que una camiseta y unos calzoncillos tipo bóxer.

Se volvió hacia Mike Wilson.

—¿Puedo subir un momento a ponerme algo?

—Sí, puedes ir a vestirte —respondió Wilson—. Te seguiremos a tu habitación.

El otro detective y él subieron tras Alan y avanzaron por el pasillo hasta su dormitorio. Dos maletas a medio hacer yacían en el suelo, junto a la ventana. Al lado había una bolsa de deporte Nike abierta que contenía varios bates de madera y dos guantes de béisbol.

—¿Pensabas irte a algún sitio, Alan? —preguntó Mike, aunque ya conocía la respuesta.

—Pasado mañana tenía que marcharme a la universidad —contestó Alan—. ¿Podré irme a pesar de todo?

—Ya veremos qué pasa el día de hoy —dijo Mike con naturalidad. Observó a Alan mientras este entraba en su armario ropero y sacaba unos vaqueros y un par de zapatillas de correr—. Lo siento, Alan. No puedes llevar cordones, cinturón ni joyas.

June, en su habitación, marcaba con desesperación el número de la oficina de Lester Parker. Le contestó una grabación.

—¡Soy June Crowley! —chilló, llena de frustración—. Ha venido la policía con una orden de detención contra Alan. Llámeme al móvil cuando pueda. —Metió un brazo en el armario para coger un chándal.

Doug estaba poniéndose a toda prisa un pantalón y una camisa. Consiguieron bajar justo cuando Alan, escoltado por los detectives, salía por la puerta principal hacia los coches que los esperaban.

—¿Adónde se lo llevan? —soltó June. Ahogó un grito al percatarse de que Alan tenía las manos esposadas a la espalda.

—A la cárcel del condado de Bergen, en Hackensack —respondió Mike.

June vio que dos vecinos contemplaban la escena desde sus caminos de entrada.

—¿Puede ir uno de nosotros en el mismo coche que Alan? —le preguntó a Mike Wilson a voz en cuello.

—No, pero pueden seguirnos hasta la prisión.

June arrancó a trotar para alcanzarlos. Le agarró el brazo a Alan mientras Wilson abría la puerta trasera de su coche de camuflaje.

—Alan, he telefoneado a Lester Parker. Se pondrá en contacto conmigo. Recuerda todo lo que te ha indicado. No respondas a ninguna pregunta mientras él no esté presente.

Las lágrimas asomaron a los ojos de Alan. Antes de que pudiera contestar, notó que la mano de Wilson le empujaba la cabeza hacia abajo con firmeza para hacerlo subir al coche. Una rejilla metálica separaba los asientos delanteros del trasero.

June mantuvo el contacto visual con Alan todo lo que pudo cuando el vehículo retrocedía despacio por el camino de acceso, con Wilson al volante. Al observarlo alejarse por la calle, su determinación, por lo general férrea, flaqueó.

—Mi bebé... Ay, Dios mío, mi bebé —sollozó mientras Doug la abrazaba por los hombros y la acompañaba hasta su coche.

Después de dejar Hollywood Avenue, el coche del detective aceleró por la carretera 17. El tráfico circulaba con fluidez, pues aún faltaban unos minutos para la hora punta de la mañana.

Alan, apabullado, intentaba comprender lo que sucedía a su alrededor. Hacía solo unos días, había viajado a Hackensack en ese mismo vehículo, con el detective Wilson. Sin embargo, en el trayecto anterior, iba en el asiento delantero y no llevaba esposas. En el fondo esperaba que no se tratara más que de una larga pesadilla. Cuando despertara, iría a ver a Kerry, haría las paces con ella y regresaría a casa a toda prisa para cortar el césped y terminar de seleccionar lo que se llevaría a la universidad. No dio resultado. Aquello era real.

Wilson y el otro detective procuraban no hablar con él. Alan los oyó charlar del cuadrangular monstruosamente largo que había conectado Aaron Judge, de los yanquis, la noche anterior. Él lo había visto. Para ellos no es más que otro día de trabajo, pensó. Para mí, es el final de mi vida.

El procedimiento de ingreso en prisión transcurrió como un sueño borroso. Le retiraron las esposas. Le entregaron una bolsa y le indicaron que se desvistiera y metiera las prendas en ella. Supuso que no tenía que quitarse la ropa interior. Le ordenaron que se pusiera un mono naranja que le pasaron por una ventanilla.

Después de que se cambiara, lo condujeron a una celda de

detención. Dentro se encontraban unas doce personas. Había bancos a lo largo de las paredes, y otro en medio. Hacia el fondo de la celda, a la derecha, a la vista de todos, había un retrete de acero inoxidable. El banco más próximo al inodoro estaba vacío. Alan se sentó cerca de la puerta de la celda.

Más o menos la mitad de los detenidos aparentaban su edad o unos pocos años más. Un preso que se hallaba solo en un rincón olía que apestaba. Todos estaban sentados, la mayoría con la cabeza gacha.

Se oían pocas conversaciones. Un bocazas compartía sus experiencias con alguien a quien habían detenido por primera vez. Alan oyó a otro explicar la diferencia entre cárcel y prisión.

—Si te encierran trescientos sesenta y cuatro días o menos, estás en la cárcel; si son más de trescientos sesenta y cinco, estás en prisión.

Alan no había desayunado y se moría de hambre. Miró a los ojos a un hombre de mediana edad que se encontraba en el banco de enfrente.

—¿Hay que pedir la comida, o te la traen ellos en algún momento?

El hombre sonrió.

—La traen sin más, pero créeme si te digo que no es algo que pedirías.

No había ningún reloj de pared, y los de pulsera estaban prohibidos. Al cabo de lo que le parecieron varias horas, llegó un guardia para abrir la puerta de la celda. Detrás de él había un señor mayor que empujaba un carrito con varias bolsas de papel marrón en la bandeja superior. Le pasaron una a Alan. Dentro había algo envuelto en papel encerado. Se lo apoyó en el regazo y lo abrió. El grosor del panecillo rancio cubría por completo las dos lonchas de mortadela sepultadas en el interior. Supuso que aquella sustancia blanca pringosa era mayonesa.

El hombre sentado enfrente se había fijado en su expresión.

—Me imagino que se les habrá acabado el solomillo —comentó mientras le daba un mordisco al sándwich.

Temeroso de que la cena no fuera mejor, Alan se forzó a comerse la mitad del suyo. Dentro de la bolsa, por cortesía del estado de New Jersey, había también una botella de agua de plástico.

Más tarde lo trasladaron a la zona común del módulo general de la cárcel. Unos veinte reclusos sentados en sillas plegables veían la CNN. A los lados había pequeños grupos de presos que jugaban al ajedrez, las damas y las cartas. La hora de recreo, pensó Alan con amargura.

Al final de la tarde, los hicieron pasar a lo que ellos llamaban un comedor. Alan siguió el ejemplo de otros, que, tras coger una bandeja y un plato, avanzaban en fila por delante de los empleados, que les servían comida a cucharadas. Los cubiertos eran de plástico.

Encontró una mesa medio llena cuyos ocupantes eran más o menos de su edad. Intercambiaban relatos sobre por qué los habían detenido. A dos los habían pillado con heroína. A otro lo habían condenado por tercera vez por conducir borracho. Todos miraron a Alan, claramente impacientes por conocer su historia.

—Mi novia murió en un accidente. Me echan la culpa a mí.

—¿Qué juez te ha tocado?

—No lo sé.

Después de la cena, los arrearon para que volvieran a la zona común. Uno de los internos que habían compartido mesa con Alan se dirigió a él.

—¿Juegas al ajedrez?

—Pues sí —respondió, y siguió al otro preso hasta una mesa. Desde que estaba en la cárcel, esa fue la única hora que se le pasó relativamente deprisa.

Unos minutos después de concluir el juego, los reclusos se pusieron de pie y formaron una fila a lo largo de la pared.

—Es hora de volver a las celdas —anunció el rival de ajedrez de Alan—. Nos vemos mañana.

El guardia abrió una celda y le indicó a Alan que entrara en ella. Unas literas se alzaban contra la pared de la izquierda. En el rincón de la derecha había un retrete de acero. Una ventana muy pequeña daba a la zona de aparcamiento de detrás del juzgado.

Un hombre de treinta y tantos años, sentado en la litera de abajo, le echó un vistazo cuando entró, pero enseguida siguió leyendo. Aunque Alan quería averiguar dónde podía conseguir algo para leer, estaba demasiado nervioso para preguntar.

La litera de arriba era la suya, pero no estaba seguro de lo que debía hacer. No había escalera. Para encaramarse a ella, tendría que apoyar un pie en la litera inferior. ¿Le pido permiso o subo sin más?

Más vale no molestarlo, decidió Alan mientras ponía los pies en la cama inferior y se impulsaba para trepar a la superior. Lleno de aprensión, aguardó la llegada de una protesta desde abajo. Pero no hubo ninguna.

El colchón era delgado y estaba lleno de bultos. La manta y la sábana despedían un fuerte olor a desinfectante.

Alan apoyó la cabeza sobre sus manos, encima de la pequeña almohada, y se quedó contemplando el techo. Tardó varias horas en dormirse. Le costó mucho dejar de prestar atención a los fuertes ronquidos procedentes de la litera inferior.

Lo despertó de golpe un sonido de voces, pasos y las puertas correderas de las celdas al abrirse. Tras incorporarse a una fila de reclusos, llegó a la misma sala donde había cenado la noche anterior, esta vez para desayunar.

Acababan de conducirlos a todos en procesión hasta la sala de juegos cuando un guardia gritó su nombre.

Alan alzó la mano con timidez.

—Vamos —dijo el guardia haciéndole una seña para que lo siguiera.

Lo guio por un pasillo largo con puertas a cada lado. En el dintel de cada puerta había una placa con las palabras SALA DE CONFERENCIAS ABOGADO-CLIENTE y un número. El guardia abrió la puerta de la número siete. Alan vio a Lester Parker sentado a la mesa, con su maletín al lado. Ocupó la silla colocada frente al abogado.

—¿Cómo estás, Alan? —preguntó Parker mientras se estrechaban la mano.

—Imbatido en ajedrez —respondió Alan con ironía.

Parker sonrió.

—He hablado con el fiscal adjunto. Hemos repasado los cargos contra ti. Comparecerás ante el tribunal mañana a las once. Ahí estaré.

—¿Podré salir de aquí después de la comparecencia de mañana?

—No puedo decirte con certeza lo que sucederá mañana, pero alegaré con argumentos sólidos que deben dejarte ir a casa.

—¿Estarán mis padres allí, en el juzgado?

—Sí, y están tan deseosos de que vuelvas a casa como tú mismo. Nos vemos mañana. Y recuerda, no hables de tu caso con nadie.

35

La noticia de la detención de Alan Crowley había empezado a difundirse por la tarde. Aline advirtió que los estudiantes, parados frente a sus taquillas, no despegaban la vista de sus móviles durante las pausas entre clases. NorthJersey.com había sido el primer medio en informar sobre el caso. Cogió su teléfono para llamar a su madre, pero decidió que no era buena idea.

Esa tarde, cuando Aline subía por el camino de acceso unos minutos antes de las seis, Steve aparcó justo detrás de ella. Los dos se apearon de sus coches.

—Estoy segura de que la detención de Alan saldrá en las noticias de esta noche —dijo ella.

Steve asintió.

—Sí, yo estaba pensando lo mismo.

Cuando Aline abrió la puerta principal, Steve llamó a Fran.

—Estoy aquí.

Steve y Aline se dirigieron hacia el cuarto de estar, donde Fran tenía puesto el televisor en el Canal 2. Observaron en silencio mientras repetían el segmento que habían emitido en el noticiario de las cinco.

Steve se acercó con rapidez al sillón en el que estaba sentada Fran y le rodeó los hombros con un brazo.

—¿Te encuentras bien?

—Sí —contestó ella—. De hecho, estoy... —Reflexionó por un instante—. «Contenta» no es la palabra adecuada. Nunca volveré a estar en paz del todo, pero cuando metan a Alan en la cárcel, al menos tendré la sensación de que se ha hecho justicia.

—Mamá —dijo Aline—, recuerda que Alan solo está acusado del crimen. Eso no significa que...

—Por lo general no detienen a alguien hasta que están seguros de que es el culpable y tienen pruebas suficientes para condenarlo —la interrumpió Steve.

—Aline, ¿por qué lo defiendes? —espetó Fran—. Mató a tu hermana y mintió al respecto.

—Mamá, papá, por favor —saltó Aline—. No busco pelea con vosotros. Cuando Kerry salía con Alan, discutían a todas horas, rompían y luego se reconciliaban. Pasaron por ese ciclo en varias ocasiones. Y esta vez, después de su discusión en la fiesta de Kerry, ¿él regresa a casa y la mata? No sé... No me cuadra del todo.

—¿Qué es lo que no cuadra? —repuso Fran, acalorada—. Sabes que al principio negó haber vuelto a nuestra casa después de la fiesta.

—Tienes razón, pero escúchame. Los chicos que acaban de cumplir dieciocho años tienen una inseguridad tremenda. Trabajo con ellos todos los días. Se creen adultos, pero no lo son. Cuando te encaras con ellos, intentan escapar por el camino fácil, aunque eso implique mentir —aseguró Aline alzando la voz—. Si un policía se presentara hoy en casa y me llevara a algún sitio para interrogarme, me pondría muy nerviosa. No quiero ni imaginar el pánico que me habría entrado hace diez años, cuando tenía dieciocho.

Fran se mantenía en sus trece.

—Puedes intentar justificarlo todo lo que quieras. Me da igual que fuera un chaval asustado. Alan Crowley mató a Kerry, y pagará por ello.

—Fran, Aline —terció Steve—. Ahora mismo lo peor que podemos hacer es discutir entre nosotros. La verdad saldrá a la luz en el juicio.

Fran tenía que decir la última palabra.

—En el juicio cuando lo declaren culpable, querrás decir.

36

Escoltaron a Alan fuera de la cárcel hasta el juzgado contiguo, donde compareció ante un juez hacia las once y media de la mañana. Los guardias le indicaron que se sentara junto a de Lester Parker, que estaba esperándolo.

Sus padres se hallaban en un lado de la sala, en la primera fila de asientos del público. Su madre soltó un grito ahogado al verlo con el mono naranja. Esta vez llevaba las manos esposadas por delante.

En el otro extremo de la sala, en primera fila, estaban Fran y Steve Dowling. Cuando establecieron contacto visual con Alan, él desvió la mirada.

El fiscal adjunto leyó los cargos contra él: asesinato, posesión de un arma —el palo de golf— con fines ilícitos y manipulación de testigos. El juez, un hombre medio calvo con las gafas sobre la frente, se dirigió a Lester Parker.

—Letrado, ¿cómo se declara su cliente?

—No culpable, señoría.

El juez se volvió hacia el fiscal adjunto.

—La fiscalía propone mantener al acusado bajo custodia mientras dure la instrucción de la causa.

—Señoría —comenzó el fiscal adjunto—, el Estado tiene argumentos bien fundamentados para solicitar que se mantenga la prisión provisional de Alan Crowley. Nuestra investigación ha revelado que asistió a una fiesta celebrada en el domicilio de Kerry Dowling la noche de su muerte y que se puso extremadamente celoso cuando otro joven habló con ella. Sostenemos que esa noche, más tarde, cuando todos los demás se habían marchado, él regresó y la golpeó en la parte posterior del cráneo con un palo de golf. Ella cayó en la piscina situada en el jardín trasero de su domicilio. Su familia descubrió el cadáver en el agua la mañana siguiente. Dowling mintió a un detective respecto a su paradero en el momento del crimen e indujo a varios amigos suyos a respaldar su mentira. Ellos han reconocido después que mentían. Dowling mintió también al negar que había manipulado el palo de golf esa noche, pues se han encontrado huellas suyas en él.

»Señoría —prosiguió el fiscal adjunto—, nos preocupa mucho el riesgo de fuga si queda en libertad provisional. Se enfrenta a una posible cadena perpetua. Ya ha manipulado a testigos, y podría volver a hacerlo.

Alan agachó la cabeza y cerró los ojos mientras escuchaba el retrato perverso que trazaban de él.

Parker respondió con voz sonora y contundente.

—Señoría, en el expediente de mi cliente no constan antecedentes penales de ningún tipo. Ni siquiera multas de tráfico. No tiene en absoluto un historial violento. Ha vivido en la misma casa de Saddle River desde que nació. Es hijo único. Terminó el bachillerato hace tres meses, y estaba previsto que empezara sus clases en Princeton dentro de unos días. Carece por completo de recursos propios.

»Señoría —continuó Parker—, me han facilitado algunos de los informes de la investigación. El fiscal ha omitido mencionar que no hay testigos del asesinato. Tampoco ha mencionado que se han descubierto al menos dos huellas dactilares más sin identificar en el palo de golf. Una de ellas podría pertenecer a quien perpetró este espantoso crimen.

»Los informes indican asimismo que Kerry tuvo un encuentro con un joven que hace muy poco se había parado para ayudarla a cambiar un neumático pinchado. La víctima contó a algunas amigas que dicho joven había comprado el alcohol para su fiesta, pero que había reaccionado con ira y agresividad hacia ella cuando había rechazado su petición de que lo invitara a la citada fiesta. Aunque dicha persona aún no ha sido identificada, debe ser considerada una pieza clave para esta investigación.

»Señoría, aquí ya no rige un sistema de fianzas. O mantiene al acusado bajo custodia, o lo deja en libertad. Sería una farsa que tuviera que pasarse un año o más en la cárcel en espera de juicio. Tenemos la intención de defenderlo a capa y espada de los cargos que se le imputan. El Estado carece de fundamentos para considerar que mi cliente supone una amenaza para la comunidad o que su libertad provisional implicaría un riesgo de fuga.

Con solemnidad, el juez expuso una reflexión sobre los alegatos.

—Es una decisión difícil. Alan Crowley está acusado de un crimen atroz. Tengo muy en cuenta los argumentos del fiscal en favor de la prisión provisional. Sin embargo, el abogado de la defensa también ha presentado argumentos convincentes. El acusado tiene dieciocho años. No creo que el riesgo de fuga sea muy grande. No hay indicios de que represente una amenaza para un miembro concreto de la comunidad. El letrado ha alegado que no hay testigos del crimen y que las pruebas son circunstanciales. Considerando todos estos factores, voy a dictar la siguiente resolución:

»El acusado saldrá en libertad bajo las condiciones siguientes. Llevará en todo momento un dispositivo de localización electrónica en el tobillo. No podrá abandonar el estado de New Jersey sin la autorización de este tribunal. Deberá residir en el domicilio de sus padres en Saddle River hasta que le llegue el momento de ir a la universidad, que hago constar que se encuentra en el estado de New Jersey. No deberá tener contacto con la familia de la víctima.

»El acusado será trasladado a la cárcel del condado de Bergen a efectos de que se le coloque la tobillera electrónica, y a continuación será puesto en libertad.

Alan encorvó la espalda, visiblemente aliviado. Parker lo abrazó por los hombros.

—Muy bien, Alan —susurró—. Vete a casa y descansa un poco. Te llamaremos mañana. Recuerda: no debes hablar del caso con nadie salvo tus padres.

Para evitar un encontronazo entre las familias, el departamento del sheriff dejó que los Dowling se marcharan antes. En cuanto entraron en el ascensor, permitieron a los Crowley levantarse y salir.

37

June Crowley, deshecha y furiosa, regresó a casa en coche con Doug y Alan. Después de la lectura de cargos, habían tardado casi dos horas en trasladar al chico de vuelta a la cárcel del condado de Bergen y en llevar a cabo el procedimiento de excarcelación. De camino hacia Saddle River, Alan tenía los ojos cerrados, como si durmiera. Nadie dijo una palabra durante el trayecto de veinticinco minutos. Todos tenían hambre. Doug y June apenas habían desayunado, y salvo por unos cafés que se habían tomado en el juzgado, no se habían llevado nada a la boca desde primera hora de la mañana. Alan estaba tan nervioso antes de su comparecencia que no había probado bocado del desayuno carcelario.

Cuando entraron juntos en la cocina, se alegraron de ver que Brenda había preparado una cena temprana. Como de costumbre, tenía encendido el televisor pequeño de la cocina mientras trabajaba. Los tres se quedaron de piedra al oír el nombre «Crowley» y alzaron la vista hacia la pantalla. En ella aparecía Alan, esposado y con el mono naranja, mientras lo conducían hacia el juzgado.

«Alan Crowley, el novio de la adolescente asesinada Kerry Dowling, ha comparecido esta mañana ante un tribunal —decía la periodista—. En presencia del juez Paul Martinez, le han leído los cargos de asesinato, posesión de arma con fines ilícitos y manipulación de testigos. Se ha declarado no culpable. Tras ponerle una tobillera electrónica, lo han dejado en libertad bajo la custodia de sus padres.

»Después de la comparecencia, June Crowley, madre del acusado, nos ha concedido unas palabras ante las cámaras.»

«Es totalmente imposible que mi hijo cometiera ese crimen. Quería mucho a Kerry. Si regresó a su casa la noche de la fiesta fue para ayudarla a limpiar y para asegurarse de que estaba bien. La policía le pegó un susto de muerte a un chico que acababa de cumplir dieciocho años. Lo apresaron en casa un domingo por la mañana cuando mi esposo y yo no estábamos, se lo llevaron a la fiscalía, lo interrogaron y lo intimidaron para que mintiera. Y ahora alegan que, como mintió, tiene que ser el asesino.»

Lester Parker, preso de una irritación evidente, interrumpió a June agarrándola del brazo y apartándola físicamente del micrófono.

«Estamos preparando una defensa sólida para demostrar la inocencia de Alan Crowley —aseveró con firmeza—. Una vez que se conozcan todos los hechos, recuperará el buen nombre. Los Crowley no ofrecerán más declaraciones antes del juicio.»

Se impuso un silencio incómodo cuando el informativo pasó a la siguiente noticia.

—Solo hay que calentar el pastel de carne, las verduras y las patatas —dijo Brenda. Miró a Alan con una sonrisa comprensiva—. Los dejo comer en paz —agregó mientras se alejaba a paso veloz hacia la puerta.

38

Marge y Jamie estaban cenando en la cocina cuando ella encendió el televisor para ver el informativo de las seis. La noticia principal era la comparecencia de Alan Crowley. Aparecieron imágenes de Alan, que, pálido y tenso, salía del juzgado perseguido por fotógrafos y reporteros.

—Es Alan Crowley —señaló Jamie.

—No sabía que lo conocieras —dijo Marge.

—Era el amigo de Kerry antes de que ella subiera al cielo.

—Pues sí, lo era.

—Él la besaba.

—Sí, eso hacía —convino Marge.

—La besó antes de que ella se fuera a nadar y subiera al cielo.

—Jamie, ¿te refieres a la noche de la fiesta de Kerry, cuando te fuiste a nadar con ella?

—Prometí no hablar de eso.

—Ahora puedes hablar con toda libertad, Jamie. ¿Qué hizo Alan después de besar a Kerry?

—La abrazó y se fue a casa.

—¿Y luego qué pasó, Jamie?

—El Muchachote pegó a Kerry y la empujó a la piscina.

—Jamie, ¿estás seguro?

—Te lo juro. Papá me llamaba Muchachote; ¿a que sí, mamá?

—Sí, Jamie, es verdad. Pero recuerda que no debemos comentar con nadie lo que sucedió la noche que Kerry subió al cielo. Es nuestro secreto.

—Te lo juro, mamá. No se lo he dicho a nadie.

Como era su costumbre, cuando terminó de cenar subió a ver la televisión a la planta superior. Afligida, Marge se quedó sentada a la mesa de la cocina y se preparó otro té. Tenía muy claro lo que Jamie acababa de contarle. Si le había descrito lo que había visto la noche del asesinato de Kerry, ella seguía con vida cuando Alan se marchó. ¿Era posible que Alan hubiera regresado para matarla? Supongo que sí, pensó Marge, pero ¿por qué habría de hacerlo? Resulta evidente que el Muchachote al que se refiere Jamie no es Alan. Pero entonces ¿quién es?

Si Jamie le menciona el Muchachote al detective y le cuenta que Jack lo llamaba así, creerán que habla de sí mismo. No quiero ni imaginar qué pasaría si lo detuvieran. Se asustaría tanto... No sé qué hacer. De verdad que no sé qué hacer.

39

El detective Mike Wilson no conseguía apaciguar su mente. Estaba profundamente consternado por no haber conseguido atar un cabo suelto de la investigación que lo inquietaba mucho.

Carecía casi por completo de información que pudiera conducirlos hasta el hombre que le había vendido la cerveza a Kerry y luego había intentado forzarla. Según la amiga de Kerry que le había hablado del incidente, el desconocido le había propuesto ir a verla a su casa cuando la fiesta terminara.

A lo mejor se había presentado después de que Alan se marchara. Ya se había mostrado agresivo con Kerry antes. Si ella lo había rechazado de nuevo, tal vez él se había puesto violento.

Tal vez había una manera de seguirle la pista.

Al día siguiente, Mike llamó a Aline al trabajo.

—Aline, aunque han imputado a Alan, necesito realizar un par de gestiones para completar la investigación, y he pensado que quizá podías ayudarme.

—Por supuesto —respondió Aline.

—Me gustaría que nos viéramos para hablar unos minutos con tranquilidad.

—No hay problema. ¿Quieres pasarte por casa?

—No, mejor que no. Preferiría mantener esta conversación contigo a solas.

—¿Cuándo tenías pensado que nos viéramos?

—¿Por casualidad estás libre esta noche?

—Sí, estoy libre.

—Me gustaría alejarme un poco de Saddle River, para que no nos reconozcan ni a ti ni a mí.

Quedaron en encontrarse en una cafetería de Old Hook Road, en Westwood.

Cuando Aline llegó puntual a las cinco y media, Mike le hizo señas desde una mesa del rincón. Ella fue a sentarse frente al detective.

—Después de hablar contigo, se me ha ocurrido que a lo mejor habrías preferido ir a tomar una copa de vino en vez de un café —dijo Mike.

—Para serte sincera, eso me habría gustado más. Ya bebo demasiado café normalmente.

Mike sonrió.

—Aline, el edificio de al lado es un pub irlandés que acaban de abrir. Ni siquiera tendríamos que coger los coches. ¿Te apetece que vayamos allí?

—Suena genial.

Cinco minutos después, estaban sentados en O'Malleys frente a una mesa situada en el rincón. Aline tomó su primer sorbo de pinot grigio mientras Mike bebía un trago de cerveza.

—Aline, sé lo convencida que está tu madre de la culpabilidad de Alan Crowley, y por eso no quería hablar de esto delante de ella. Yo también creo que él lo hizo, pero hay dos piezas sueltas que me gustaría poder encajar. La primera es encontrar a quien ayudó a Kerry con el neumático.

—¿Te puedo echar una mano de alguna manera?

—Siete de las chicas que estuvieron en la fiesta aún son estudiantes de último curso en el instituto. Menores de edad.

Sus padres se han negado a dejar que hablen conmigo. Supongo que, por tu trabajo como orientadora, te relacionarás con alguna de ellas.

—En algún momento, es probable.

—No sería raro que quisieran conversar contigo sobre Kerry.

—Posiblemente.

—Kerry le comentó a una amiga que un tipo le había echado una mano cuando había tenido un pinchazo. Quizá se lo contó también a una de esas chicas. Si te hablaran de Kerry, ¿podrías intentar introducir de alguna manera ese asunto en la conversación?

Aline suspiró.

—Has de saber que estamos pisando un terreno espinoso desde el punto de vista ético. Las normas de confidencialidad de los orientadores son muy estrictas.

—Lo comprendo. No quiero información personal de esas chicas. Tal vez ni siquiera necesite conocer el nombre de quien te haga alguna confidencia. Pero si alguna de ellas sabe algo que pueda conducirme hasta ese tipo, me sería muy útil. Si te doy una lista con sus nombres, ¿podrías conseguir que hablaran de Kerry y tocar el tema del hombre que la ayudó con el neumático?

Aline reflexionó unos instantes. Sabía que eso implicaría arriesgarse de nuevo a perder su empleo. Por otro lado, había visto la expresión de incredulidad en el rostro de Alan Crowley cuando lo habían fotografiado al salir del juzgado con ropa carcelaria y las manos esposadas. Si existía una mínima posibilidad de que fuera inocente...

—De acuerdo —dijo con decisión.

El semblante adusto de Mike se iluminó.

—Gracias. Tal vez la pista no nos lleve a ninguna parte, pero necesito investigarla. —Cogió la jarra que tenía delante—. Qué bien sienta una cerveza al final de la jornada.

—Y también una copa de vino.

Él inclinó la jarra hacia delante.

—Brindo por eso.

Entrechocaron los vasos.

—Has dicho que había otra cosa que querías comentarme —señaló Aline, más en tono de pregunta que de afirmación.

—Tal vez no sea nada, pero no consigo sacarme de la cabeza el último mensaje de texto que te mandó Kerry el día de la fiesta. Dices que tenía cierta tendencia al melodrama, pero me pregunto si tienes alguna idea de a qué se refería.

—Me he preguntado lo mismo una y otra vez —declaró Aline despacio—. La respuesta es no. Kerry escribía cosas como «he sacado sobresaliente en dos asignaturas» o «celebrando que nuestro equipo ha ganado tres partidos seguidos», pero nunca algo como «tengo que hablarte de algo muy importante».

—Aline, sé por los interrogatorios que Kerry y Alan rompían y al día siguiente volvían a salir juntos. ¿Crees que es posible que se refiriera a él?

Ella negó con la cabeza.

—La respuesta es que simplemente no lo sé.

—Temía que dijeras eso. —Mike tomó un sorbo de cerveza—. Lo que te pido es que animes a esas chicas a hablarte de Kerry, que les preguntes si ella les reveló qué era aquello tan importante.

Esta vez Aline no lo dudó un momento.

—Eso también puedo hacerlo.

—Entonces estamos en sintonía. —Tras una pausa, Mike añadió—: Me está entrando hambre. ¿Hay alguna posibilidad de que te quedes a cenar? Descubrí este sitio justo el mes pasado. No sé de dónde han sacado al chef, pero es extraordinario.

Es la segunda vez que me invitan a cenar en pocos días, pensó Aline.

Sus padres iban a cenar con unos amigos en el club. ¿Por qué no?, se preguntó Aline.

—Espero que tengan carne en salmuera con col —le dijo a Mike.

—Ese es el plato que hay que pedir en un pub irlandés. Lo probé la semana pasada. Está delicioso.

—Me has convencido.

La cena estuvo tan buena como Mike había prometido. Compararon sus respectivas formaciones.

—Estudié en Columbia —dijo Aline—. Siempre pensé que sería trabajadora social o profesora. Pero cuando cursaba el máster, llegué a la conclusión de que el trabajo de orientadora escolar sería ideal para mí. Me gusta mucho ayudar a los chicos a tomar sus decisiones.

—Yo también soy de por aquí. Me crie en el municipio de Washington, jugaba al fútbol americano en el instituto Saint Joe, en Montvale, y estudié en Michigan. No, allí ya no jugaba.

—¿Aún tienes a tus padres, a tu familia, en el municipio de Washington?

—Soy hijo único y no, en cuanto terminé el bachillerato, mis padres se mudaron a Nueva York. Mi padre va a pie a su bufete, y a mi madre le encanta vivir tan cerca de la escena artística.

—¿Y qué hiciste cuando terminaste los estudios en Michigan?

—Después de graduarme me di cuenta de que quería dedicarme a la justicia penal. Obtuve un máster por la John Jay en Manhattan. Estuve un par de años en el cuerpo de policía de Waldwick, hasta que conseguí un puesto en la fiscalía. En junio pasado finalicé cuatro agotadores años de clases nocturnas de derecho en Seton Hall.

—Pareces muy ambicioso. ¿Qué piensas hacer con tu licenciatura en derecho?

—Lo primero que intentaré hacer será aprobar el examen para poder ejercer como abogado. Después de eso, no lo sé con seguridad. Pero si quiero ascender en el escalafón policial, la licenciatura en derecho me resultará muy útil.

—¿Has trabajado alguna vez con familias como la mía, con una víctima de asesinato entre sus miembros?

—Por desgracia, en los seis años que llevo en la fiscalía, muchas veces.

—Como orientadora escolar, se supone que soy experta en estrategias de afrontamiento. Aunque sé lo terrible que es la situación para mí, noto que mis padres están destrozados. Me pregunto si algo les aportará paz algún día.

—Cuando el proceso haya concluido y se haya hecho justicia, empezará de verdad la recuperación emocional.

—Eso espero —murmuró Aline—. Ellos me ayudaron mucho cuando estaba atravesando un infierno.

Ante la expresión inquisitiva de Mike, le contó que había perdido a Rick por culpa de un conductor borracho.

—¿Qué le ocurrió al responsable?

—Lo declararon no culpable porque un amigo mintió por él. No hubo testigos del accidente. Estamos convencidos de que el que iba con él en el coche, que no había bebido, le cambió el asiento antes de que llegara la policía. Varias personas que estuvieron en la fiesta declararon que, pocos minutos antes del accidente, el tipo iba muy borracho y que se había puesto al volante. Además, el coche era suyo. Pero supongo que el jurado no lo tenía claro, así que lo dejaron marchar.

—Esas cosas pasan a veces.

Aline vaciló antes de añadir con voz temblorosa:

—Ahora está casado, tiene dos hijos y un buen empleo en Wall Street, y vive feliz comiendo perdices.

—¿Cómo has conseguido afrontar eso? —preguntó Mike.

—Al principio, estaba furiosa y llena de resentimiento. Por eso acepté el trabajo en la Escuela Internacional de Londres. Quería alejarme de aquí. Pasé mucho tiempo sumida en una amargura profunda. Hasta que un día desperté y caí en la cuenta de que estaba arruinándome la vida al no aceptar lo que había ocurrido. Y entonces comprendí que ni la ira ni la amargura iban a cambiar nada. Por muy difíciles e injustas que fueran las cosas, tenía que pasar página, o acabaría por enloquecer.

—Me alegro de que tomaras esa decisión. Estoy seguro de que eso es lo que habría querido tu prometido.

—Estoy de acuerdo. —Por un momento, Aline se quedó ensimismada. De pronto, se le iluminó el rostro—. Acabo de caer en una cosa. Estaba segura de que tu cara me sonaba desde la primera vez que te vi, en casa de mis padres. En mi primer año en el instituto, mis amigas y yo fuimos a ver la obra de primavera en el Saint Joe. Representaban *West Side Story*. ¿Actuabas en ella, por casualidad?

—*I've just met a girl named Mariiiiia* —cantó Mike por lo bajo.

—¡Eras tú! Me encanta esa canción. Estuviste genial en la obra. Yo soy soprano y no canto del todo mal. Te haría los coros, pero no quiero que nos echen del bar.

—Si no les gusta *Maria*, podemos cantarles *Danny Boy*.

Aline se rio, con una risa sincera. Se dio cuenta de que era la primera vez en mucho tiempo que se sentía contenta de verdad.

40

La mañana después de su comparecencia ante el juez, Alan despertó atontado de sueño. Había soñado con Kerry y los últimos minutos que había pasado con ella. Unos instantes de vacilación después de rodear la casa. El beso de despedida. El funeral. Kerry preguntándole «Alan, ¿por qué vas esposado?». Periodistas que lo acribillaban a preguntas.

Cuando abrió los ojos, eran las ocho menos cuarto. Mientras se le despejaba la mente, la realidad de lo sucedido lo asaltó de pronto. ¿Qué pasará ahora? Se supone que mañana me voy a Princeton.

Dirigió la vista hacia su maleta a medio hacer, en el otro extremo de la habitación. ¿Podré terminar de prepararme para marcharme?, se preguntó al tiempo que se encaminaba hacia la ducha.

Cuando bajó las escaleras, sus padres estaban sentados a la mesa de la cocina tomando un café. Los dos tenían aspecto de haber dormido muy mal. Están preocupados por mí, claro, pensó Alan apesadumbrado. Su padre tenía delante el ordenador portátil abierto.

Alzó la vista de la pantalla cuando el chico entró.

—Alan, ¿has revisado tu correo electrónico hoy?

—No, ¿por qué?

Doug y June intercambiaron una mirada.

—Alan, tu padre y yo hemos recibido un mensaje de Princeton. Lo han enviado con copia a ti. Era del director de admisiones. Necesitan programar una teleconferencia con nosotros tres lo antes posible.

—¿Hoy? —dijo Alan—. Eso significa que quieren hablar con nosotros antes de que salgamos para allá mañana. Seguramente dirán que han cambiado de idea respecto a haberme admitido.

—Alan —terció su padre—, no nos precipitemos. Le he contestado que hablaremos con ellos a las nueve de la mañana.

—¿No deberíamos preguntarle al menos a Lester Parker si convendría que él estuviera presente? —preguntó June.

—Veamos qué tienen que decirnos antes de empezar a meter abogados en esto —repuso Doug.

Alan estaba seguro de que no viajaría a Princeton al día siguiente. Aunque no lo expresó en voz alta, leyó en el rostro de sus padres que ellos creían lo mismo. Recordó cómo lo habían machacado con la necesidad de que sacara buenas notas. Y todo porque creían que si obtenía un título por una universidad de la Ivy League, tendría la vida asegurada. Y ahora Princeton iba a decirle que se quedara en casa.

Su madre le preguntó si le apetecían tostadas francesas, su desayuno favorito. Su tono de voz le recordó a Alan la ocasión en la que le ofreció helado después de que lo operaran de las amígdalas. A pesar de todo, él tenía hambre.

—Vale, gracias —dijo.

Desayunaron en un silencio absoluto. Cuando faltaba un minuto para las nueve, su padre marcó el número indicado en el correo electrónico para iniciar la teleconferencia. Puso el teléfono en modo manos libres.

David Willis se presentó como el director de admisiones de Princeton.

—También participará en la llamada Lawrence Knolls, jefe

de los servicios jurídicos de la Universidad de Princeton. —Hubo un somero intercambio de saludos antes de que Willis fuera al grano—. Alan, estamos al corriente de las desafortunadas circunstancias en las que te encuentras. Hemos llegado a la conclusión de que lo más conveniente para todas las partes implicadas sería que accedieras a aplazar tu matrícula hasta que tu situación personal se resuelva de forma satisfactoria.

—Pero pensábamos llevarlo mañana en coche para que se matriculara como estudiante de primer año —protestó June.

—Lo sé, señora Crowley. Por eso estamos hablando hoy.

—Usted ha dicho «que accedieras a aplazar tu matrícula» —intervino Doug—. ¿La decisión depende de Alan, o está diciéndonos lo que tiene que hacer?

—Perdón si no me he expresado con claridad. En las actuales circunstancias resultaría inoportuno que Alan se incorporara a la clase de primer año.

—¿Y eso qué significa, si puede saberse? —preguntó June en tono imperioso.

Esta vez fue el abogado quien respondió.

—Significa que cuando la causa de Alan sea sobreseída, podrá solicitar la readmisión.

—Os he avisado de que deberíamos haber incluido a Lester Parker en la conversación —lo interrumpió June fulminando a Doug con la mirada.

—Les reembolsaremos el dinero que han enviado hasta la fecha —añadió Willis.

—¿Cómo se han enterado de lo que me ha pasado? —preguntó Alan.

—Procuramos informarnos respecto a nuestros futuros alumnos de primer año, pero no puedo darte una respuesta más concreta —dijo Lawrence Knolls.

Cuando finalizó la llamada, Knolls telefoneó a Willis, que contestó de inmediato.

—David, supongo que la cosa habría podido ir peor.

—¿Crees que impugnarán nuestra decisión?

—Lo dudo. Cualquier abogado que revise nuestras condiciones de admisión verá que la cláusula sobre comportamientos inmorales nos da manga ancha para decidir quién puede matricularse y quién no.

—Por cierto —añadió Willis—, nuestro servicio de seguimiento de noticias parece haber funcionado. Esta mañana he recibido un correo electrónico de la empresa de relaciones públicas. Llevaba adjunto un artículo de un periódico del norte de New Jersey sobre la detención por asesinato de Alan Crowley, «futuro alumno de Princeton».

—Bueno, me deja más tranquilo que hayan detectado eso —dijo Knolls.

—Sí, a mí también —convino Willis.

En ese caso, el servicio de seguimiento no había sido necesario. El departamento de admisiones de la universidad ya había recibido dos llamadas a propósito de Alan Crowley. La primera se había desarrollado en un tono cortés, casi de disculpa. La segunda la había realizado una persona furiosa por la clase de estudiantes que admitía Princeton últimamente.

41

Conforme transcurrían los días, más preocupada estaba Marge por Jamie. El chico, que acostumbraba a estar muy animado por las mañanas y con ganas de ir a trabajar, se había vuelto muy reservado. Cada vez que ella intentaba entablar conversación, él acababa por mencionar el nombre de Kerry.

—Kerry está en el cielo, con papá. Yo también quiero subir allí.

—Y algún día subirás, pero dentro de muchos años. Te necesito aquí, a mi lado, Jamie.

—Tú también puedes subir con nosotros.

En otra ocasión, Jamie le hizo una pregunta sin venir a cuento:

—¿En el cielo la gente va a nadar, al igual que lo hacía Kerry?

—Tal vez. —Dios mío, por favor no dejes que siga sacando a colación a Kerry, suplicó Marge. Trató de cambiar de tema—. Ahora que ha empezado de nuevo la temporada de fútbol americano, ¿no estás deseando ir a ver los entrenamientos?

—También son muchachotes.

—¿Alguien te llama Muchachote, Jamie?

—Papá me llamaba así.

—Ya lo sé. ¿Alguien más?

Jamie sonrió.

—Yo mismo me llamo Muchachote.

Es desesperante, pensó Marge. Tarde o temprano hablará con alguien y se meterá en un lío.

42

Aline empezó a acostumbrarse a la grata rutina de los días ajetreados en el instituto. Fiel a la promesa que le había hecho a Mike, se fijó el propósito de entrevistarse con las siete chicas que habían estado en la fiesta pero no habían hablado con la policía. Había conseguido hacer pocos progresos hasta que de pronto recibió ayuda de una fuente inesperada, Pat Tarleton, que una mañana se pasó por su despacho.

—Buenos días, Aline. ¿Cómo van las cosas por casa?

Aline suspiró.

—Bien, supongo.

—¿Ocurre algo? —preguntó Pat.

—Anoche, durante la cena, mi madre y yo tuvimos un... —Hizo una pausa—. Digamos que tuvimos un intercambio de opiniones muy sincero.

—Huy. ¿Sobre qué?

—Mi madre nos dijo que había llamado a Princeton para cantarles las cuarenta y dejarles claro lo que pensaba sobre el tipo de alumnos que admitían. Se refería a Alan Crowley, claro. Le dije que, a mi juicio, había cometido un error. Solo está acusado de un delito, no condenado. Le pedí que no se metiera en eso. Huelga decir que estuvo en total desacuerdo.

—Oh, Aline, cuánto lo siento.

—No pasa nada, Pat. Volvemos a dirigirnos la palabra.

—No, Aline, me refiero a que siento mucho no haberte dicho que yo llamé a Princeton para asegurarme de que estuvieran enterados de la detención de Alan.

—Pat, no lo entiendo. ¿Por qué...?

—Porque tengo una obligación para con esta escuela y nuestros alumnos, actuales y futuros, Aline. Todos los padres de esta ciudad esperan que las universidades de la Ivy League, o Notre Dame o Georgetown, admitan a sus hijos. Como bien sabes, la competencia por ingresar en esos centros es feroz. Es fundamental que el instituto de Saddle River mantenga una buena relación con ellos, incluido Princeton. Si no los avisamos de que un alumno nuestro que va a estudiar allí puede acarrearles publicidad negativa, es posible que pongan las cosas más difíciles en el futuro a los graduados del instituto que soliciten admisión en su universidad. —Guardó silencio por un momento—. No me gustó hacer esa llamada, pero no tenía otro remedio. Y si te lo hubiera dicho, tal vez te habría ahorrado una discusión con tu madre.

—No lo había considerado desde ese punto de vista, Pat. Supongo que aún me queda mucho por aprender.

—Lo estás haciendo muy bien —le aseguró Pat—. Y ahora, deja que te explique el motivo de mi visita. Aline, quiero pedirte un favor. Te prometo que lo comprenderé si tu respuesta es no. Muchas de las chicas que jugaban esta primavera en el equipo de *lacrosse* con Kerry han terminado el bachillerato y se han ido a la universidad. Pero las que el año pasado iban a tercero, y ahora están en el último curso, siguen luchando por superar lo que le sucedió. Creo que sería muy útil que tuvieran la oportunidad de compartir contigo lo que sienten respecto a Kerry. Me gustaría que fueras la orientadora de esas chicas. Pero lo entenderé perfectamente si...

—Me parece muy bien, Pat —la cortó Aline—. También sería terapéutico para mí ver a Kerry a través de los ojos de sus amigas. Me encantaría trabajar con ellas.

Pat salió del despacho después de prometerle que le enviaría los nombres por correo electrónico. Una enorme sensación de alivio se apoderó de Aline. Ya no tendría que inventarse una excusa para pasar un rato a solas con esas chicas. Pat le había proporcionado una.

Antes de que sonara el timbre que anunciaba las clases de primera hora, Aline pasó un momento por la sala de profesores para tomarse un segundo café. Había varios docentes allí, entre ellos Scott Kimball, que charlaba con una profesora de historia muy atractiva y recién llegada que lo contemplaba embelesada. He de reconocer que es un hombre guapo, pensó Aline. Supuso que Barbara Bagli, la profesora nueva, rondaba los treinta años y estaba muy interesada en Scott.

Sus sospechas se vieron confirmadas cuando Barbara le dijo a Scott:

—La semana que viene mis padres vendrán de visita desde Cleveland. Les encanta ir a buenos restaurantes. ¿Cuál me recomendarías?

Scott le hizo señas a Aline para que se acercara.

—La semana pasada Aline y yo cenamos muy bien en el restaurante francés La Petite, en Nyack. Estuvo genial, ¿a que sí, Aline?

Aline había dado por sentado, equivocadamente, que Scott sería discreto respecto a la velada que habían pasado juntos. Miró a su alrededor para ver si los otros profesores estaban escuchando la conversación. Le pareció que no.

—La Petite es maravilloso —respondió, intentando disimular su enfado—. Seguro que a tus padres y a ti os encantará, Barbara.

Se alejó hacia la cafetera para evitar aquella cháchara. Es la última vez que hago vida social con Scott Kimball fuera del instituto y le doy pie a avergonzarme, pensó mientras se servía una taza.

43

Alan pasó la semana siguiente sumido en un estado de aturdimiento. Recordaba haber deshecho la maleta, colgado algunas prendas en el armario y guardado las demás en la cómoda. Mamá se aseguró de que yo fuera un chico ordenado, pensó. Me arreaba una bofetada cuando dejaba ropa tirada en el suelo.

No sabía qué hacer con su vida. Su padre le sugirió que buscara un empleo temporal. ¿Temporal?, se preguntó. Y eso ¿cuánto tiempo será? ¿Hasta que me procesen y me condenen por asesinato?

No conseguía apartar de su mente el rostro de Kerry. Las cosas divertidas que hacían juntos le venían una y otra vez a la memoria. El baile de graduación, en mayo. Después, el viaje en coche a la costa. Aunque se habían ido a dormir muy tarde, los dos se levantaron temprano a pasear por la playa. Aún notaba el calor de la arena bajo los pies descalzos y oía la voz de Kerry.

—Alan, tú eras el chico más guapo del baile. Me alegro mucho de que me dejaras escogerte el esmoquin. Te sentaba de maravilla.

—Y también era el tío más afortunado del baile por estar con la chica más bonita de la fiesta.

Todos los días, después de desayunar, había ido en coche

a visitar su tumba. Había dejado de hacerlo tras sorprender a alguien tomándole una foto junto al mausoleo de los Dowling. Al día siguiente, su imagen había aparecido en primera plana del periódico *The Record*.

Antes de que lo detuvieran, siempre había tenido buen apetito. Ahora todo lo que comía se le quedaba atascado en la garganta. La insistencia de su madre en que comiera le provocaba aún más estrés. Un día estalló.

—Mamá, ¿intentas cebarme para que en el juicio todos vean lo bien que cuidas de mí?

—Alan, solías soltar exabruptos como este cuando eras niño. No los toleraba entonces y no pienso tolerarlos ahora. Entiendo que estés disgustado, pero tu padre y yo también lo estamos. Nosotros no descargamos nuestra ansiedad contigo; no lo hagas tú con nosotros.

Eso es mamá, pensó Alan, imponiendo disciplina hasta el final.

Como de costumbre, su madre tenía que decir la última palabra.

—Y no lo olvides: la única razón de que estés en esta situación es tu mal genio. Si no te hubieras peleado con Kerry y simplemente hubieras dicho la verdad, ahora estarías en Princeton.

Después de este intercambio de palabras, Alan decidió hablar lo menos posible con sus padres. Como no había podido pegar ojo durante la noche, durmió durante gran parte del día.

Su madre volvió a su trabajo como enfermera de cuidados críticos en el hospital de Englewood. Su padre solo se había tomado dos días de permiso cuando lo habían detenido. Ahora volvía a coger a diario el tren de las 7.14 para ir a la ciudad.

La única persona cuya compañía le resultaba grata era Brenda, la asistenta de la familia desde hacía un montón de tiempo. La comprensión y el interés que demostraba por él suponían un contraste agradable, comparados con la actitud de sus padres.

—Alan —dijo Brenda una tarde tras prepararle unas tortitas—, yo sé que por nada del mundo le harías daño a esa pobre chica. Ya verás como todo sale bien. Me lo dice el corazón, y mi corazón nunca miente.

La sombra de una sonrisa asomó a los labios de Alan.

—Cuida bien ese corazón, Brenda. Es el único que cree en mí.

Para entonces, todos sus amigos se habían marchado a la universidad. No había tenido noticias de ninguno. Ninguno de los numerosos mensajes de texto y correos electrónicos que enviaba obtenía respuesta. Alan entendía que Rich, Stan y Bobby estuvieran enfadados con él, pero ¿por qué le daban la espalda sus otros amigos? ¿De verdad tendría que preguntárselo?

La sensación de aislamiento le resultaba asfixiante. Su padre tenía razón cuando le insistía en que buscara trabajo. Pero cuando solicitara un empleo le preguntarían si lo habían detenido alguna vez. ¿Qué les respondo? «Sí, estoy acusado de asesinato y llevo una tobillera electrónica. Pero no se preocupen, yo no la maté.»

Después de pasarse buena parte del día durmiendo, Alan empezó a dar largos paseos por la noche. Se iba en coche hasta una ruta de senderismo y, equipado tan solo con una linterna, encontraba consuelo en la soledad y el silencio del bosque.

44

Siete jugadoras del equipo de *lacrosse* del año anterior aún estudiaban en el instituto. Gracias a la ayuda administrativa de Pat Tarleton, las sesiones de orientación de Aline con cada una de ellas se programaban en fechas lo bastante espaciadas para que ninguna sospechara del motivo por el que le habían asignado esa orientadora.

Empezaba cada sesión con el mismo preámbulo:

—Sé que jugabas al *lacrosse* con mi hermana Kerry. Quisiera saber si te gustaría hablar de lo que sentías por ella y de cómo te sientes ahora.

Tal como esperaba, las respuestas seguían una pauta.

—Echo mucho de menos a Kerry.

—No puedo creer que alguien quisiera hacerle daño a propósito.

—La fiesta fue muy divertida, hasta que Kerry y Alan discutieron.

—¿La discusión estropeó la fiesta?

—Oh, no. Kerry se lo tomó a broma, como siempre. Pero sé que siguieron mandándose mensajes después de que él se fuera.

—¿Opina alguien que Kerry debería haber roto con él?

—Solo Annie, pero ¿sabe por qué? Estaba loquita por Alan.

Cuando abordaba el tema de la procedencia de la cerveza de la fiesta, las respuestas en general coincidían.

—La llevaron unos tíos. Kerry ya tenía algunas en casa.

Solo una chica, Alexis, titubeó largo rato antes de responder a su pregunta sobre las cervezas.

—No tengo ni idea.

Aline estaba segura de que le ocultaba algo, pero no quiso presionarla. Les preguntó a las chicas si habían estado con Kerry el día de la fiesta. Cuatro de ellas se habían bañado con ella en la piscina entre el mediodía y las tres de la tarde.

—¿Había alguien más? —prosiguió Aline.

—Cuando Jamie Chapman regresó del trabajo, llamó a Kerry a gritos desde su casa para preguntarle si podía nadar con nosotras.

—¿Y ella qué dijo?

—Kerry le tenía cariño a Jamie. Lo invitó a darse un chapuzón. Entonces él nos oyó hablar de la gente que iría a la fiesta. Le preguntó a Kerry si podía apuntarse. Ella le dijo que era solo para chicos que todavía estaban en el instituto.

—¿Cómo reaccionó él?

—Parecía muy desilusionado. Y cuando se fue, Kerry dijo: «Me sabe mal decirle que no venga, pero habrá alcohol en la fiesta, y podría irse de la lengua».

Aline decidió plantearle la siguiente pregunta con franqueza.

—La policía cree que el individuo que le consiguió a Kerry la cerveza para la fiesta tuvo un altercado con ella. Fue el que la ayudó hace poco a cambiar un neumático pinchado. Buscan al tipo para hablar con él. ¿Kerry te habló de él en algún momento?

La única que sabía lo del pinchazo era Sinead Gilmartin.

—Kerry me contó que había pinchado en la carretera 17 y que no quería decírselo a su padre, porque había estado insistiéndole en que cambiara el neumático gastado.

—¿Sabes cuánto tiempo antes de la fiesta ocurrió eso?

—Cerca de una semana, supongo, o tal vez un poco más.

—Sinead, ¿recuerdas si Kerry te dijo algo que pudiera ayudar a la policía a localizar a ese hombre? ¿Algo sobre su aspecto, o sobre el coche que llevaba?

—Ahora lo recuerdo, creo. Según Kerry, el tío que paró a echar una mano conducía una grúa. Por eso cambió el neumático en un momento. Ella quería darle diez dólares de propina, pero él los rechazó. Kerry comentó que era muy majo.

Convenía que Mike lo supiera de inmediato. En cuanto Sinead salió de su despacho, Aline se puso a escribirle un correo electrónico, pero cambió de idea. No le envíes esto desde el sistema informático del instituto, pensó. Así que sacó el móvil y le mandó un mensaje de texto.

Cuando Mike lo leyó, clavó la vista en la palabra «grúa». Aunque la información seguía siendo demasiado general, les proporcionaba una base un poco más sólida que el mero hecho de saber que buscaban a un tipo «de unos veinticinco años» que se había detenido para asistir a Kerry.

Desde su época en el cuerpo de policía de Waldwick, sabía cómo el departamento de seguridad vial del condado de Bergen regulaba sus autovías y carreteras. Contaba con unidades municipales que supervisaban a los guardias de cruce y controlaban los semáforos. Dichas unidades elaboraban también la lista de empresas de grúas con licencia para trabajar en su ciudad. Si no recordaba mal, en Waldwick había una docena. Supuso que Saddle River y las poblaciones vecinas —el municipio de Washington, Upper Saddle River, Woodcliff Lake, Ho-Ho-Kus— tenían un número similar.

Sin embargo, eso no garantizaba que la grúa que le interesaba figurara en la lista de licencias de una población local. La carretera 17 era una autopista principal que recorría el norte de New Jersey. Un margen de ocho kilómetros hacia arriba o hacia abajo desde Saddle River englobaría más ciudades y decenas de empresas más. Pero por algo tenían que empezar.

Mike le encargó a Sam Hines, un investigador joven de su oficina, la tarea de conseguir la lista de empresas de grúas con licencia de cada ciudad y contactar con ellas para preguntarles por sus conductores menores de treinta años.

—Mike, esto me llevará mucho tiempo —protestó Sam.

—Lo sé. Por eso te recomiendo que te pongas a trabajar de inmediato.

45

La última alumna con quien Pat Tarleton le había sugerido a Aline que hablara era Valerie Long. Como era estudiante de tercero, la conversación sobre las posibles universidades podía esperar.

Un profesor de económicas fue quien precipitó los acontecimientos al detenerse un momento frente al despacho de Aline para comentarle que Valerie se mostraba apática en clase, que parecía como si estuviera en trance.

—A lo mejor si hablas con ella descubrirás cuál es el problema —apuntó el profesor.

Al día siguiente, Aline programó una reunión con Valerie. Cuando esta se presentó en su despacho, la expresión de tristeza en su rostro y en sus ojos resultaba más que evidente. Aline se preguntó si la causa de su estado sería el dolor por la pérdida de Kerry.

Decidió abordar el tema directamente.

—Valerie —dijo en cuanto la chica tomó asiento frente a ella—, sé que a varias de las chicas les ha afectado mucho la muerte de Kerry, y me han contado que ella y tú estabais muy unidas.

—Yo la quería. Era mi mejor amiga del instituto.

—Entonces comprendo que estés tan afligida por lo que le ocurrió.

—No, no lo comprende.

Aline se quedó callada unos instantes, con la esperanza de que Valerie dijera algo más. La chica guardó silencio, y Aline supo que presionarla sería inútil.

—Valerie, he revisado tu expediente —optó por decir—. En tu colegio anterior sacabas buenas notas. Cuando llegaste aquí en enero, tampoco te iba mal, pero poco después tu rendimiento empeoró de forma considerable. Y este año tus profesores están preocupados porque pareces distraída en clase.

Estoy distraída, pensó Valerie, pero no puedo explicar el porqué.

—Echo de menos a mis amigos —soltó en vez de eso—. Están todos en Chicago. Mi padrastro cambió de trabajo, y de la noche a la mañana me avisaron de que nos mudábamos. Yo quería vivir con mi abuela en Chicago y seguir yendo al mismo colegio, pero no me dejaron.

—¿Y tu padre biológico? —preguntó Aline.

Valerie sonrió de forma espontánea.

—Un hombre maravilloso. Yo era su ojito derecho. Le diagnosticaron cáncer cerebral y murió al cabo de dos meses.

—¿Qué edad tenías?

—Falleció el día que cumplí ocho años.

—Lo siento mucho. Debió de ser muy duro para ti.

—Es lo que hay. Mi madre se lo piensa dos veces antes de celebrar mis cumpleaños. Volvió a casarse hace dos años. Wayne es veinte años mayor que ella —añadió con desdén.

Los problemas de Valerie tienen más de una causa, se dijo Aline. Añora a sus amistades de Chicago. Ha perdido a Kerry, la única amiga que tenía aquí. Sigue afectada por la pérdida de su padre biológico y le guarda rencor a su padrastro.

Aline decidió que su siguiente paso sería concertar una reunión con los padres de Valerie para hablar con ellos de su evidente resentimiento por el cambio de ciudad, y de sus posibles consecuencias negativas sobre su rendimiento escolar.

—Valerie, como bien sabes, Kerry era mi hermana. Si hay alguien capaz de entender tu tristeza por su ausencia, soy yo. Cuesta hacer amigos en un entorno nuevo, sobre todo cuando los demás alumnos se conocen desde hace mucho tiempo. Me imagino lo duro que debió de resultar para ti perder a tu mejor amiga.

—No tiene ni idea de lo duro que fue —replicó la chica.

—Valerie, sé que Kerry habría querido que hicieras nuevas amistades y que no descuidaras tus estudios.

—Lo intentaré —dijo Valerie en tono indiferente.

De pronto, al mirar a Aline y ver la tristeza en sus ojos, se preguntó si algún día podría revelarle lo que estaba sucediendo de verdad.

46

Aunque June Crowley iba a misa todos los domingos, era una católica practicante en el sentido menos estricto de la palabra. Le daba tanta importancia a ir bien vestida como a comulgar. A lo largo de los años, nunca se le había ocurrido mantener una conversación en privado con el padre Frank. Pero ahora, desesperada a causa de su preocupación por Alan, decidió hablar con él.

Lo llamó y le rogó que la recibiera lo antes posible. El hombre le respondió que el día siguiente por la mañana le venía bien.

Cuando June llegó al despacho del sacerdote, seguía dando vueltas en la cabeza a cómo exponerle sus inquietudes. Sin embargo, una vez que estuvo allí, las palabras salieron solas.

—Padre, me da mucho miedo que Alan tenga pensamientos suicidas.

El padre Frank sabía que habían detenido a Alan Crowley. Había estado pensando en telefonear a June y a Doug para decirles cuánto lo sentía, por ellos y por el muchacho. Ahora le preocupaba profundamente que los temores de June pudieran ser fundados.

—¿Qué te hace pensar eso, June?

—La manera en que se comporta. Duerme durante casi todo el día y desaparece justo después de cenar. No sé adónde va, ni si habla con alguien. Pero lo dudo. Me jura que no fue él quien atacó a Kerry, pero sabe que todo el mundo cree que es culpable y que cuando vaya a juicio lo condenarán y lo encerrarán durante muchos años.

—June, tú eres enfermera. ¿Conoces a algún psiquiatra que pueda hablar con él?

—Ya le he sugerido que vaya a ver a uno, pero se niega en redondo.

—¿Crees que serviría de algo que yo tuviera una charla con él?

—Supondría un gran alivio para mí.

—Lo mejor sería que lo pillara a solas. ¿Doug y tú iréis a trabajar mañana por la tarde?

—Sí.

—De acuerdo, pues me pasaré a última hora de la tarde, a ver si consigo que se sincere conmigo.

—Brenda, la asistenta, estará en casa. Le dejaré dicho que le abra cuando llegue.

La tarde siguiente, el padre Frank llegó en coche al hogar de los Crowley y tocó el timbre. De inmediato le abrió la puerta una mujer de mediana edad que él supuso que era la asistenta.

—Usted debe de ser Brenda —dijo—. Soy el padre Frank.

—La señora Crowley me ha avisado de que vendría de visita —respondió ella.

—¿Está Alan en casa?

—Sí, está en el cuarto de estar viendo la tele. ¿Le digo que ha venido?

—No, mejor indíqueme dónde está el cuarto de estar, y ya me ocupo yo de todo.

—¿Quiere que le sirva algo de beber?

—No, gracias. Estoy bien.

Mientras el padre Frank se acercaba a la puerta del estudio, Brenda se retiró con pasos ruidosos en dirección a la cocina.

Alan estaba viendo una película. No alzó la vista cuando el sacerdote abrió la puerta y entró en la habitación.

El padre Frank apenas reconoció a Alan, cuyo aspecto era muy distinto al del joven bien arreglado que veía a menudo en la iglesia. Llevaba una camiseta vieja con la que parecía haber dormido y un pantalón corto de deporte. A su lado, en el suelo, había un par de zapatillas gastadas. Saltaba a la vista que hacía días que no se afeitaba. Daba la impresión de que no se había molestado en peinarse.

Cuando Alan levantó la mirada, una expresión de sorpresa se le dibujó en la cara.

—No sabía que vendría, padre Frank.

—Tu madre está muy preocupada por ti. Te nota deprimido.

—¿No estaría deprimido usted si se enfrentara a una larga pena de prisión?

—La verdad es que sí, Alan.

—En fin, padre, no quiero que se lleve una desilusión, pero lamento decirle que yo no lo hice.

—Alan, he venido a hablar contigo y a escuchar lo que quieras decirme.

—Pues entonces seré claro. Yo quería a Kerry. Aún la quiero. Esa noche fui a ayudarla a limpiar. Me dijo que estaba cansada, que mejor recogiéramos por la mañana. Le di un beso de buenas noches y me fui a casa. Sé que no le dije la verdad sobre eso a la policía y que les pedí a mis amigos que mintieran por mí. Pero ¿sabe por qué? Porque tenía miedo. ¿Usted no tendría miedo si de repente todo el mundo lo considerara un asesino? ¿Sabe lo que se siente cuando lo obligan a uno a ir esposado y a ponerse un mono naranja?

—Así que me estás diciendo que no eres responsable de la muerte de Kerry.

—No solo se lo digo: se lo juro. Si hubiera traído una Biblia, juraría sobre ella. Pero es evidente que nadie me cree.

—Alan, sé por experiencia que la verdad acaba por salir a la luz. Si al final te llevan a juicio, estoy seguro de que será dentro de muchos meses. ¿Qué piensas hacer hasta entonces?

—Para serle sincero, padre, me he pasado mucho tiempo pensando lo agradable que sería volver a estar con Kerry.

—Alan, no estarás planteándote una decisión irreversible, ¿verdad? Piensa en cómo les sentaría eso a tus padres.

—Sería más fácil para ellos que yo desapareciera, más que presenciar cómo me condena un tribunal.

—Deja que te recuerde que el juicio quizá tardará más de un año en celebrarse —señaló el padre Frank, profundamente consternado—. Para entonces, es posible que tu situación haya cambiado.

—Pues mira qué bien —murmuró Alan con desinterés.

Cuando el padre Frank salió de la casa, sintió una angustia terrible al recordar lo que Marge le había dicho sobre la presencia de Jamie en la piscina y su temor de que, si la policía se enteraba, lo indujera a confesar que él había matado a Kerry.

¿Qué debo hacer? ¿Qué puedo hacer?

No sabía que Brenda había estado espiando en el pasillo pendiente de cada palabra, y que se moría de ganas de contárselo todo a Marge.

47

Mientras conducía en dirección a casa de Marge, Brenda apenas era capaz de respetar el límite de velocidad. La había llamado para cerciorarse de que no hubiera salido. Estaba claro que su amiga la había visto acercarse por el camino de acceso, porque la puerta estaba abierta.

Jadeando, Brenda le refirió la visita del padre Frank a Alan.

—Ha ido a verlo porque June y Doug Crowley tienen miedo de que quiera suicidarse.

—¡Ay, Dios santo! —exclamó Marge.

—¡El pobre muchacho...! No me extraña que estén preocupados. Él está convencido de que acabará entre rejas por el asesinato de Kerry Dowling. Ha jurado sobre la Biblia que es inocente.

—¿Y qué le ha dicho el padre Frank? —preguntó Marge, ansiosa.

—Le imploraba que tuviera fe. Le decía que tardará por lo menos un año en ir a juicio y que en ese lapso pueden pasar muchas cosas. Espero de verdad que haya convencido a Alan de que no se haga daño.

—Yo también —añadió Marge con voz trémula.

Una vez transmitido el cotilleo del día, Brenda echó un vistazo a su reloj.

—Me voy —dijo—. Tengo que hacer la compra para la cena.

Marge se quedó sentada, temblando solo de imaginar que Alan se suicidara. Para distraerse y alejar ese pensamiento, puso las noticias de las cinco. Justo cuando volvía a sentarse, Jamie entró en la habitación.

No bien comenzó el informativo, la imagen de Alan apareció en la pantalla.

—Ese es Alan Crowley, mamá —soltó Jamie entusiasmado.

—Sí, ya lo sé, Jamie.

Mientras el presentador hablaba, al fondo mostraban vídeos de Alan en el juzgado.

«Corren rumores de que Lester Parker, abogado del presunto asesino Alan Crowley, ha acudido al fiscal del condado de Bergen para intentar llegar a un acuerdo. Nos hemos puesto en contacto con Lester Parker, que ha negado categóricamente esos rumores.»

—¿Por qué sale Alan en la tele? —le preguntó Jamie a su madre.

—La policía cree que le hizo daño a Kerry la noche que murió en su piscina.

—Pero si se fue a casa.

—Lo sé, Jamie. Creen que le hizo daño a Kerry y luego se fue a casa.

—No. Alan Crowley le dio a Kerry un beso y un abrazo, y luego se marchó a casa. El que le hizo daño a Kerry fue el Muchachote.

Marge clavó la mirada en él, horrorizada.

—Jamie, ¿estás seguro de que Alan no le hizo daño a Kerry ni la tiró a la piscina?

—No, fue el Muchachote. Alan se marchó a casa. Tengo hambre. ¿Qué hay de cenar?

48

Aline estaba preocupada por Valerie Long. La chica no estaba bien, y no era solo por haber perdido la amistad de Kerry. La palabra que le venía a la mente era «desesperada». En una reunión con Pat Tarleton, Aline le comentó lo intranquila que se había quedado tras su conversación con Valerie.

—Creo que deberías hablar con sus padres para conocer su versión de lo que pasa —le dijo Pat.

—Estoy de acuerdo, pero tengo la sensación de que Valerie se disgustaría mucho si se enterara de que planeo reunirme con su madre y su padrastro. ¿Crees que debería quedar con ellos fuera de la escuela?

—No, no lo creo. Va contra nuestra política escolar mantener esta clase de reuniones fuera del centro. Corresponde a los padres decidir si revelarle o no a Valerie que vendrán a hablar contigo. Si ella descubre que han estado aquí, son ellos quienes deberán darle explicaciones.

Satisfecha por contar con la aprobación de Pat, Aline buscó la información de contacto de los padres de Valerie. Decidió empezar por la madre y marcó su número. La mujer respondió al primer tono.

La pantalla del teléfono de Marina Long indicaba que estaban llamando del instituto de Saddle River.

—¿Valerie está bien? —fueron sus primeras palabras. La

pregunta le facilitó a Aline abordar directamente el motivo de su llamada.

—Todo va bien, señora Long. Valerie está en clase. Me llamo Aline Dowling. Soy la orientadora escolar de su hija. Sin embargo, me inquietan algunos aspectos sobre ella que quisiera comentar con usted y su esposo.

—Me alegro de que me hayas llamado, Aline. Nosotros también estamos preocupados, y no sabemos muy bien qué hacer. Wayne y yo te agradeceríamos el tener la oportunidad de reunirnos contigo.

Acordaron en verse al día siguiente.

Unas horas después, alguien llamó a la puerta de Aline. Cuando gritó «Adelante», le sorprendió ver entrar a Scott Kimball, que se acomodó en una silla, enfrente de ella. Lo primero que le pasó por la cabeza fue que no lo había invitado a sentarse.

—Aline, sé que estás molesta conmigo, y con toda la razón —empezó a decir él—. El otro día en la sala de profesores metí la pata hasta el fondo. Me habías dejado claro que no debíamos mencionar que nos habíamos visto fuera del recinto escolar. Como reza el dicho, «por la boca muere el pez», así que he venido a pedirte disculpas.

Aline no estaba segura de qué decir. Había ensayado un discurso con el que pensaba ponerlo verde por haber hablado de la cena delante de otra profesora. Pero ahora él se había disculpado, y parecía arrepentido de verdad.

—Está bien, Scott. Todos nos equivocamos. Olvídate del asunto.

—Gracias, Aline, te lo agradezco mucho. —Tras titubear unos instantes, añadió—: Aline, quisiera pedirte que me acompañaras a un lugar. Sería con fines estrictamente profesionales. Mañana, a las siete de la tarde, hay un seminario en la Universidad Estatal de Montclair sobre el estrés que sufren los alumnos de instituto que practican deportes. Como profesor y entrenador, el acto me interesa, por supuesto, y pienso asistir. Supongo que, como orientadora, tal vez te podría interesar también. ¿Te gustaría acompañarme? —Aline iba a responder, pero Scott continuó hablando—. Que conste en acta que iríamos en calidad de profesionales. Tengo clarísimo que no voy a ofrecerme a llevarte en mi coche. Ni siquiera tendrás que sentarte a mi lado cuando estemos allí. Pero te lo advierto: cuando hacia las ocho y media termine, estaré hambriento. Hay altas probabilidades de que te invite a cenar. Como profesionales, naturalmente.

A Aline se le escapó una sonrisa. Scott era un encantador de serpientes. Tres minutos antes, ella no quería saber nada de él. Ahora estaba ilusionada por pasar un rato con él al día siguiente por la noche.

—Muy bien, señor Kimball —dijo—. Me encontraré con usted en el seminario. Respecto a la cena posterior, ya veremos qué nos depara el día de mañana.

49

Tras una noche en blanco, Marge supo que tenía que volver a hablar con el padre Frank. En cuanto Jamie se marchó andando a Acme, telefoneó al sacerdote.

—Marge, ven a mi despacho ahora mismo. He estado pensando mucho sobre nuestra última conversación.

Marge no esperaba que la invitara de inmediato. Le habría gustado tener un rato para meditar qué le diría sobre lo que Jamie le había contado. Ahora solo dispondría de los diez minutos de trayecto en coche hasta la rectoría para poner en orden sus pensamientos.

El propio pastor le abrió la puerta y la acompañó a su despacho. Se sentaron frente a frente.

—Padre, anoche, cuando estaba con Jamie en la cocina, la imagen de Alan Crowley apareció en las noticias. Cuando le expliqué a Jamie por qué Alan salía en la tele, se puso a hablar de nuevo de lo que había visto la noche de la fiesta de Kerry.

Se interrumpió; dudaba si continuar.

—Marge —dijo el padre Frank—, ya veo que estás afectada. Pero creo que te ayudaría contarme qué te preocupa.

—Usted sabe que a veces Jamie tiene la memoria un poco dispersa. Mezcla cosas que no ocurrieron al mismo tiempo.

—Lo sé, Marge —respondió el padre Frank, comprensivo.

—Pues anoche me describió con pelos y señales lo que vio que le sucedió a Kerry.

—Y ¿qué te dijo?

—Cuando le expliqué que la policía creía que Alan había atacado a Kerry, me contestó que estaba seguro de que no había sido él.

El padre Frank se inclinó hacia delante en su silla.

—Marge, ¿qué te contó exactamente?

—Que Alan abrazó y besó a Kerry antes de irse a casa. Y que luego otra persona, «el Muchachote», le hizo daño a Kerry y la empujó a la piscina.

—Marge, ¿crees que Jamie hizo una descripción precisa de lo que vio?

—Sí. Pero no sé qué hacer.

A Marge empezaron a resbalarle lágrimas por las mejillas. Se agachó para rebuscar algo en su bolso.

—Padre, ¿dónde puedo conseguir un vaso de agua?

—Perdona, Marge —dijo el pastor dirigiéndose hacia la cocina—. Debería habértelo ofrecido antes. —Cuando regresó con el agua, reparó en lo pálida que estaba—. ¿Te encuentras bien?

Marge extendió el brazo para coger el vaso, tomó un sorbo y se tragó una pastilla.

—La verdad es que tengo problemas de corazón, padre. Cuando me estreso, como ahora, he de tomarme una de estas píldoras. Son de nitroglicerina. —El padre Frank aguardó a que bebiera unos sorbos más—. Estas pastillas son milagrosas —comentó Marge—. Ya me siento mejor. En cuanto a Jamie —prosiguió—, si lo que me dijo es cierto, Alan Crowley es inocente. Pero ¿cómo voy a permitir que hable con la policía y corra el riesgo de que crean que él agredió a Kerry? Como ya le he dicho, Jack llamaba a Jamie Muchachote. Si él le cuenta a la policía que el Muchachote le hizo daño a Kerry, tal vez entiendan que se refiere a sí mismo. Padre, quiero ayudar a Alan Crowley, pero si eso le acarrea problemas a Jamie, no puedo hacerlo.

—Marge, ni por un momento se me ocurriría pensar que fue Jamie quien hirió a Kerry. Sé que a ti tampoco. ¿No sería mejor contar a la policía lo que dijo y confiar en que el sistema funcione?

—No sé, padre. Necesito más tiempo para pensarlo.

50

Aline se disponía a salir de su despacho cuando sonó su teléfono. Era Mike Wilson.

—Aline, ¿podríamos vernos esta noche? Hay un par de cosas que quisiera comentar contigo.

—Claro.

—¿En O'Malley's a las siete?

—De acuerdo. Nos vemos allí.

Cuando llegó a O'Malley's, Mike ya la esperaba. Estaba sentado junto a la misma mesa del rincón que habían elegido la última vez.

—Por lo visto eres un animal de costumbres —señaló Aline.

—Ahí me has dado —reconoció Mike.

—Vaya, pero qué elegantes vamos —comentó Aline al fijarse en lo apuesto que estaba Mike con americana y corbata.

—Cada vez que presto declaración ante un tribunal, me pongo mis mejores galas de domingo. Me he pasado la tarde aguantando el aluvión de preguntas de un abogado de la defensa.

—¿Quién ha ganado? —preguntó Aline.

—Si no declaran culpable a ese acusado, no existe justicia en el mundo.

La camarera se acercó a la mesa.

—¿Los dos somos animales de costumbres? —preguntó Mike.

Aline asintió.

—Un pinot grigio para la señorita. Yo tomaré una Coors Light. Bueno, Aline, ¿cómo va el mundillo de la orientación educativa?

—Hay veces que resulta más agradable que otras. Tengo una alumna deprimida que me preocupa mucho. Sus padres irán a verme mañana. ¡Ah! Traigo posibles novedades sobre Alan Crowley.

—¿De veras?

—Princeton está al corriente de las acusaciones contra él. Tengo entendido que en casos como este insisten en que el estudiante se quede en casa. —Decidió no revelarle que tanto su madre como Pat Tarleton se habían puesto en contacto con Princeton.

—No me sorprende —dijo Mike—. Las universidades cuentan con servicios de seguimiento de los medios. Sin duda les llegaron noticias de que «Alan Crowley, futuro alumno de Princeton» estaba imputado de un crimen. —Después de tomar un largo trago de cerveza, preguntó—: ¿Cómo les va a tus padres?

—Bien, dadas las circunstancias. Mi madre está tan convencida de que Alan es culpable que creo que la alivia un poco que lo hayan detenido.

—Los familiares de víctimas reaccionan así. Lo consideran un primer paso para que se haga justicia. Tal vez a tu madre le iría bien unirse a un grupo de apoyo a las víctimas. Conozco a gente a la que le ha ayudado mucho. Ya te enviaré información sobre esos grupos.

—Gracias. Te lo agradezco.

—Aline, deja que te cuente el principal motivo por el que quería verte esta noche. Como ya sabes, un punto flaco de nuestras pruebas contra Alan es que no hemos encontrado al tipo que le cambió el neumático a Kerry y tuvo aquel incidente con ella. El dato que me enviaste de que era un conductor de grúa me resultará muy útil. En tu mensaje decías que te da la impresión de que una de las chicas sabe algo pero te lo oculta. Es importante que localicemos a ese sujeto y averigüemos dónde estaba la noche de la fiesta. ¿Podrías encontrar una excusa para pasar más tiempo con esa chica y tal vez conseguir que te diga algo más?

Aline suspiró.

—Mi carrera como orientadora escolar podría acabar siendo muy corta si alguien se entera de lo que he estado haciendo.

—Aline, no hace falta que me digas el nombre de la chica. Solo necesito la información. Y te prometo que nadie sabrá que tú eres la fuente.

Aline recordó con claridad el momento de vacilación de Alexis Jaccarino cuando le preguntó por el hombre que había cambiado el neumático de Kerry.

—Ya me inventaré alguna razón para llamar a la chica a mi despacho y tirarle de la lengua.

Mike estuvo a punto de pedirle que se quedara a cenar con él otra vez. Pero si un abogado de la defensa llegaba a sospechar que un detective y una testigo del caso estaban saliendo juntos, los haría pedazos durante el contrainterrogatorio.

Diez minutos más tarde, Mike se había terminado su cerveza y Aline su vino. Él hizo una seña para pedir la cuenta.

—Bueno, es hora de que regrese a la oficina. Mañana por la mañana volveré a subir al estrado como testigo. Tengo que repasar mis informes.

—Y yo igual llego al final de la cena con mis padres. Intento pasar con ellos el mayor tiempo posible, y mañana por la noche tengo planes.

Se encaminaron hacia sus coches. Mike estaba decepcionado por no haber podido invitarla a cenar.

Ella estaba decepcionada porque él no la había invitado.

51

La llamada de Aline a la madre de Valerie no había hecho más que avivar las preocupaciones que ella y su esposo sentían por Valerie. Marina respiró aliviada cuando Wayne accedió a trabajar desde casa para poder acompañarla al instituto. Con la esperanza de que Valerie no los viera allí, llegaron al despacho de Aline a las once en punto.

La madre, cuyo parecido con la chica era asombroso, rayaba en los cuarenta años. El padrastro, que tenía una espesa cabellera gris plata, tendría entre cincuenta y cinco y sesenta. La impresión inicial de Aline fue que le recordaba al actor Richard Gere.

—¿Por qué te preocupa Valerie? —preguntó Marina Long una vez concluidas las presentaciones.

Una pregunta tan directa requería una respuesta no menos directa.

—Vi en su expediente académico que le iba bien en su escuela anterior, en Chicago. Pero desde que llegó aquí, sus notas han bajado de forma notoria. Y se la ve deprimida —dijo Aline.

Marina asintió.

—Lo sabemos. Y hemos estado tan angustiados... —Se notaba que se hallaba al borde del llanto.

Aline observó que Wayne posaba una mano sobre la de su esposa.

—Sé que yo soy la principal causa del problema —comentó Wayne—. Desde que nos conocimos, le caí mal. Creyó que mi intención era ocupar el lugar de su padre. No lo era. Valerie rechazaba todos mis esfuerzos por entablar una relación con ella. Tengo dos hijos varones que viven en California. Soy viudo. Mi primera esposa y yo siempre abrigamos la esperanza de tener una hija también.

—Valerie intenta dar la impresión de que ignora a los hijos de Wayne —añadió Marine—. Él viaja a menudo a San Francisco, y cuando está allí siempre los visita. Para ellos era más difícil trasladarse a Chicago porque los dos tienen familias con hijos pequeños. Y el año pasado, cuando Wayne y yo fuimos a verlos por Acción de Gracias, Valerie insistió en quedarse en casa con su abuela.

—¿Te ha contado Valerie por qué nos mudamos aquí desde Chicago? —preguntó Wayne.

—Sí. Dice que le ofrecieron un empleo mejor con un sueldo más alto y que usted lo aceptó. Y eso la separó de sus amigos de Chicago.

—No fue eso lo que ocurrió —repuso Wayne en un tono de frustración—. Soy director de una filial de Merrill Lynch. Cerraron la oficina que dirigía a raíz de una fusión. Me ofrecieron un puesto mejor en Manhattan y tenía que darles una respuesta enseguida. —Mirando a su mujer, añadió—: Convinimos en que lo mejor era que lo aceptara.

—Una de las cosas que me desconciertan —dijo Aline— es que, cuando Valerie llegó a Saddle River en enero, empezó con buen pie, al menos en cuestión de notas. Pero algo cambió en primavera. ¿Tienen idea de qué pudo haber sido?

—En mayo su abuela paterna murió a causa de un derrame cerebral —explicó Marina—. Valerie había seguido muy unida a ella tras la muerte de su padre.

—Para ser tan joven, ha sufrido demasiadas pérdidas —observó Aline—. ¿Se han planteado que la vea un psiquiatra?

—Claro que nos lo hemos planteado —contestó Marina—. Le sugerí la idea dos veces. En ambas ocasiones se molestó y se puso furiosa. Decidimos que sería contraproducente insistir en el tema.

—Como sin duda ya sabrán —dijo Aline—, mi hermana Kerry murió hace dos semanas.

—Lo sabemos —la interrumpió Wayne— y lo sentimos mucho. Nos enteramos por el periódico.

—Valerie me dijo que consideraba que Kerry era su mejor amiga en este instituto. ¿Se lo ha comentado a ustedes alguna vez?

—No —contestó Marina—. Sé que la muerte de Kerry la impactó mucho, pero pensaba que la relación entre ellas era más de compañeras de equipo que de amigas.

—Al parecer, estaban muy unidas. Lo que supuso otra pérdida más en la vida de su hija.

—¿Cuál es el siguiente paso? —preguntó Wayne.

—Mantendré un estrecho contacto con Valerie y con sus profesores. Seguiré de cerca sus progresos y los mantendré informados. Por supuesto, si notan algún cambio, avísenme.

Cuando los Long se marcharon, Aline se quedó más preocupada que nunca por Valerie.

52

El padre Frank sabía que debía intentar persuadir a Marge para que informara a la policía de lo que Jamie le había dicho. Comprendía que a la mujer le horrorizara la posibilidad de que se centraran en Jamie como sospechoso del asesinato. Pero no era justo que Alan estuviera al borde del suicidio habiendo un testigo que podía probar su inocencia.

El padre Frank había recreado en su mente las dos conversaciones con Marge una docena de veces. Ella le había hecho una confidencia, algo muy distinto de la confesión. Si Marge le hubiera pedido que la confesara, su obligación de respetar el secreto sería absoluta. Sin embargo, como ella solo le había contado algo en confianza, el sacramento de la penitencia no se aplicaba. Si Marge no estaba dispuesta a acudir a la policía, era deber de él comunicarles lo que sabía.

Tras su entrevista con el padre Frank, Marge continuaba sintiendo un enorme peso en la conciencia. Los dos últimos días le había pedido a Jamie en un par de ocasiones que le describiera de nuevo lo que había visto en el jardín de Kerry antes de que fuera a nadar con ella. Las dos veces le había contado la misma historia. «Alan le dio un beso de despedida a Kerry. Luego se fue a casa. Luego el Muchachote golpeó a Kerry y la empujó a la piscina. —Acto seguido añadió—: Papá me llamaba Muchachote. Está en el cielo, con Kerry.»

La idea de que Alan estuviera viviendo un infierno por algo que no había hecho atormentaba a Marge. Por eso, cuando llamó al padre Frank y él se ofreció a acercarse a su casa, respiró aliviada. Había decidido consultarle cuál sería la mejor manera de contactar con la policía.

El timbre sonó a las tres y media. Al salir del trabajo, Jamie había ido directo a ver entrenar a los equipos del instituto. Marge se alegró de que el chico no estuviera en casa cuando hablara con el padre Frank.

Le abrió la puerta, y el sacerdote la siguió hasta el salón, modesto pero impecable. Ella lo invitó a sentarse y señaló un sillón grande y mullido que a él le recordó los muebles de casa de su abuela.

—Era el sillón favorito de Jack —dijo Marge—. Cuando su abuela murió, se lo trajo a casa.

—Es muy cómodo, Marge.

—Perdone, padre. Le hablo de los muebles porque estoy demasiado nerviosa para explicarle el motivo por el que lo he hecho venir.

—Marge, pensaba llamarte. Creo que ya sé de qué quieres hablar conmigo.

—No está bien que me quede callada mientras Alan Crowley lo pasa tan mal.

El pastor guardó silencio para dejarla continuar. Marge se mordió el labio.

—Desde nuestra última conversación, le he pedido dos veces a Jamie que me diga qué vio la noche de la fiesta de Kerry. En ambas ocasiones me ha repetido que Alan besó a Kerry y se marchó a casa. —Desvió la vista, como si se armara de valor—. En lo más profundo de mi corazón, estoy convencida de que Jamie jamás le habría hecho daño a Kerry. Tengo que decirle a la policía lo que sé.

—Marge, es la decisión correcta. —El padre Frank intentó disimular el alivio que le producía que Marge hubiera llegado sola a esa conclusión.

—Padre, no me sobra el dinero. Obviamente, a Jamie tampoco. Tengo entendido que hay abogados que ayudan a la gente como nosotros sin cobrar.

—¿Te refieres a los abogados de oficio?

—Sí, si es así como se llaman. Me gustaría hablar con uno antes de contarle a la policía lo de Jamie.

—Marge, por lo que sé, la cosa no funciona así. Le asignan un abogado de oficio a quien está acusado de algo. No creo que puedan ayudarte antes.

—Tengo diez mil dólares en la cuenta de ahorros. ¿Sería suficiente para pagar un abogado?

—Marge, no sé muy bien cuánto cobran. Sí sé que Greg Barber, un feligrés de nuestra parroquia, es un letrado muy bueno. Ha trabajado con otros parroquianos que necesitaban su ayuda por mucho menos de sus honorarios habituales. Si quieres, puedo acudir a él.

—Se lo agradecería mucho.

—Hablaré con él esta tarde. Sé que se prestará a echarte una mano.

Unas horas después, el padre Frank telefoneó a Greg a su casa. La esposa de Greg le dijo que estaba ultimando un caso en Atlanta y que regresaría al cabo de cuatro días, y le facilitó el número de su móvil. El pastor llamó de inmediato a Greg, que le prometió que intentaría ayudar a Marge y le pidió que le dijera a ella que telefoneara a su bufete el día de su regreso.

A continuación, el padre Frank llamó a Marge y le dio el horario del abogado. Convinieron en que ella no acudiría a la policía antes de haber hablado con él. El sacerdote permanecería en contacto con Alan Crowley para asegurarse de que estuviera bien. Esperaba que unos días más no supusieran una gran diferencia.

53

Tal como había prometido Scott, el seminario terminó puntualmente a las ocho y media de la noche. Aline se alegraba de haber decidido asistir. Los ponentes habían presentado puntos de vista interesantes sobre cómo algunos estudiantes deportistas convertían los deportes, que en teoría debían tener efectos desestresantes, en una fuente más de estrés. Con frecuencia los padres y entrenadores empeoraban la situación porque se concentraban solo en ganar.

El reducido auditorio estaba medio lleno. Cuando Aline se puso de pie para marcharse, paseó la vista alrededor. Se tranquilizó al no reconocer a ninguno de los presentes.

—Y ahora, a por la pregunta del millón —dijo Scott mientras se dirigían hacia la salida. Fingió ejecutar un redoble con las manos—. Conozco un restaurante italiano estupendo por aquí cerca. Te prometo que no practicaré mi francés macarrónico contigo.

—Me gustó refrescar un poco el francés.

Lo siguió hasta un restaurante que estaba a poco más de un kilómetro y dejó el coche junto al suyo en el aparcamiento. Cuando bajó, advirtió que él sujetaba en alto un estuche con dos botellas de vino.

—Es un restaurante al que puedes llevar tu propia bebida. He traído un chardonnay y un pinot noir, por si decías que sí.

Una vez dentro, Scott pidió los platos de la carta en un italiano sorprendentemente bueno.

—No me habías dicho que hablabas tan bien el italiano.

—Mi abuela era de Italia. Le encantaba hablarme en italiano. Por suerte me acuerdo de casi todo.

—Tienes muchos talentos ocultos —comentó Aline sonriendo.

—Mi madre me lo decía a menudo. Y entonces mi tía siempre metía baza: «Si eres tan puñeteramente listo, ¿cómo es que no te has hecho rico?».

Los calamares y la ternera estaban deliciosos. La conversación pasó con fluidez de la política a sus películas favoritas. Cuando estaban terminándose sus capuchinos, Aline abordó un tema que había estado rondándole la mente toda la tarde.

—Scott, quería consultarte sobre una alumna que me tiene muy preocupada. Estoy segura de que la conoces porque jugaba al *lacrosse* en el equipo del instituto.

—¿Quién te preocupa?

—Valerie Long, la chica que se trasladó a Saddle River en enero. Hoy he tenido una reunión con sus padres.

—Parece algo serio. ¿Qué ocurre?

—Se la ve algo retraída y desanimada. Un profesor suyo ya me había puesto sobre aviso de que la notaba distraída.

—Lamento oír eso.

—Te lo comento porque, como entrenador de Valerie, trabajaste de cerca con ella la primavera pasada. ¿Está en una de tus clases de matemáticas?

—No, este año no.

—¿Qué impresión te daba cuando la entrenabas?

—La verdad es que es una chica con dos personalidades. Cuando está en el banquillo es tímida y a menudo se sienta sola, apartada de los demás. Cuando sale al terreno de juego, se pone en modo ataque y se convierte en la jugadora más agresiva del campo.

»Pero cuando termina el partido, vuelve a ser una muchacha callada y cohibida. Era la única estudiante de segundo en el equipo. Sé que Kerry se esforzaba mucho por hacer que se sintiera integrada.

—¿Tenía alguna otra amiga Valerie?

—En realidad no. Yo intentaba estar... no sé cómo decirlo... disponible para ella, pero también mantenía las distancias conmigo.

—¿La ves con frecuencia en la escuela ahora?

—Como la temporada de *lacrosse* no empieza hasta primavera, no la veo a diario como antes. Cuando nos cruzamos por el pasillo, nos saludamos. Más allá de eso, no hablamos demasiado.

—Está bien. Solo intento buscar una manera de conectar con ella.

—Intentaré echarte un cable, darle conversación. Tal vez le abra su corazón a alguno de los dos.

—Te lo agradezco. Y gracias de nuevo por la cena.

54

Cuando Nancy Carter echó un vistazo por la ventana de la cocina, le pareció increíble lo deprisa que habían transcurrido las dos últimas semanas. Su esposo Carl y ella habían convenido en que él llevaría a su hijo Tony a Alaska a pescar. Supondría un descanso en todos los sentidos. Carl, adicto al trabajo, comprobaría que sus socios de la empresa de ingeniería civil eran perfectamente capaces de llevar el negocio durante su ausencia. Tony dejaría el móvil en casa, con lo que se desengancharía de redes sociales. Carl se llevó su teléfono consigo, tras acordar con Nancy que ella solo contactaría con ellos en caso de emergencia grave.

Y aunque Nancy quería mucho a su marido, tuvo que reconocer en su fuero interno que aquello también suponía un descanso para ella.

Sin embargo, durante las dos semanas que estuvieron fuera, estuvo dándole vueltas a si debería haber avisado a Tony de que alguien había asesinado a Kerry Dowling.

Tony había estudiado dos años en el instituto de Saddle River y estaba a punto de ingresar en Choate, el famoso internado de Connecticut, para cursar tercero y cuarto. Conocía a Kerry desde que los dos habían estado juntos en el consejo estudiantil. Nancy sabía que su hijo se pondría muy triste al enterarse de que ella había muerto y que lamentaría no haber asistido al velatorio ni al funeral. Precisamente por eso, Nancy había decidido no contarle lo sucedido mientras estuviera de viaje.

Había consultado la aplicación de United Airlines. El vuelo había aterrizado en Newark a la hora prevista. El sonido de las puertas de un coche al abrirse y cerrarse en el camino de entrada anunció su llegada.

Después de abrazarse unos a otros y de descargar el equipaje, los tres se sentaron a la mesa de la cocina.

Carl le dio pie a Nancy a iniciar la conversación que tanto temía.

—Bueno, ¿nos hemos perdido alguna cosa durante nuestra ausencia?

Ella miró a Tony.

—Por desgracia, sí —respondió—. Ha pasado algo terrible mientras no estabais. —Les habló de la trágica muerte de Kerry y de la investigación policial en curso.

Tony retiró de inmediato su teléfono móvil del cargador y revisó los mensajes sobre Kerry que le habían enviado sus amigos. Todos repetían la misma información. Kerry había organizado una fiesta la noche del sábado. Su padre y su hermana la habían encontrado muerta en la piscina el domingo a mediodía. Kerry y Alan habían discutido en la fiesta.

—Hemos estado fuera dos semanas —comentó Carl—. ¿Cuándo pasó eso?

—Me enteré literalmente por la radio mientras ibais de camino al aeropuerto para empezar vuestro viaje. Luego detuvieron a Alan. Por lo que he leído en los periódicos y lo que he visto en las noticias, la policía cree que regresó cuando la fiesta había terminado y mató a Kerry.

—¿Me estás diciendo, mamá, que la encontraron en la piscina el domingo por la mañana, más o menos en el mismo momento en que papá y la limusina me recogían en el Acme? —preguntó Tony.

—Así es, Tony, y espero que entiendas por qué no os...

Tony la interrumpió agitando la mano.

—Tranquila, mamá. No pasa nada. ¿Salió algo en los periódicos sobre Jamie Chapman?

—¿Jamie Chapman? —dijo Nancy con incredulidad—. No, ¿por qué iban a hablar de él?

—Fue el domingo que papá y yo nos fuimos de viaje, ¿no?

—Sí —respondió Nancy—. Tu padre salió de aquí en la limusina, te recogió en el Acme y de ahí os fuisteis directos al aeropuerto.

Tony cayó en la cuenta de lo que intentaba recordar.

—Me fijé en las deportivas de Jamie. —Acto seguido, añadió atropelladamente—: Llevaba deportivas nuevas. Se las enseñaba a todo el mundo, muy orgulloso. Sé que las llevaba el sábado porque me preguntó un montón de veces si me gustaban. Pero ese domingo no las llevaba. Las que se había puesto estaban muy gastadas. Le pregunté por qué se las había cambiado. Me contestó que se le habían mojado porque se había ido a nadar en la piscina con Kerry después de la fiesta.

Sus padres se lo quedaron mirando.

—¿Después de la fiesta? —repitieron al unísono.

—¿Estás seguro de que eso fue lo que te contó Jamie? —preguntó su padre.

—Papá, estoy segurísimo.

Carl se acercó al teléfono.

—Tony, tienes que explicarle eso a la policía.

Comenzó a marcar el número del departamento de policía de Saddle River, donde tomaron nota del nombre y el número de teléfono de Carl y aseguraron que enseguida notificarían su llamada al detective Wilson.

55

Marina Long y su esposo Wayne estaban preocupados por Valerie desde que se habían mudado de Chicago a Saddle River. Eran conscientes de que había supuesto un cambio repentino y drástico para ella, pero esperaban y confiaban en que acabara por sentirse a gusto en su nuevo instituto, que estaba muy bien considerado. En el colegio anterior, Valerie había tenido muy buenos amigos, a pesar de su timidez natural. Llevaban ya nueve meses en New Jersey. Era tiempo más que suficiente para que hiciera nuevas amistades. Pero ¿dónde están?, se preguntó Marina. Valerie parece estar sola siempre.

Marina se había tomado la tarde libre con la intención de pasar un rato con su hija. Pero en cuanto Valerie regresó de la escuela, se fue directa a su cuarto y cerró la puerta. Cuando, poco después de que llegara Wayne, Marina la llamó para que bajara a cenar, la muchacha estaba distante, como siempre. Ambos intentaron entablar conversación con ella preguntándole sobre las perspectivas del equipo de *lacrosse* para ese año. Su respuesta monosílaba fue «Bien». Cuando estaban tomando café con la tarta de manzana preferida de Valerie, Marina se atrevió a sacar el tema.

—Valerie, la señorita Dowling nos llamó para pedirnos que fuéramos a verla. Hemos estado en el instituto esta mañana.

Valerie entornó los ojos, no daba crédito.

—Ella no tenía derecho a hacer eso —espetó con rabia.

—Tenía todo el derecho —repuso Marina—. Al parecer, los profesores están preocupados por tu forma de comportarte en clase.

—¿Qué problema hay con mi forma de comportarme en clase? —replicó Valerie a la defensiva.

—Pareces distraída, y tus notas empezaron a empeorar poco después de que nos mudáramos aquí.

—Ya volverán a mejorar —dijo Valerie.

—¿Hay alguna razón para ese cambio en tus notas? —preguntó Wayne con delicadeza. Como la joven no respondió, añadió—: Oye, Valerie, creo que mi presencia te ha molestado desde que tu madre y yo estamos juntos. A ver si aclaramos las cosas de una vez.

»Mi primera esposa y yo siempre quisimos tener una hija. Eso no ocurrió, como bien sabes, y Lucy murió más o menos por la misma época que tu padre. Sé lo que se siente al perder a alguien con quien estás muy unido. Cuando tu padre falleció, quedaste desconsolada. Sé que es imposible sustituirlo, y no tengo esa intención. Pero quiero que sepas que me gustaría estar unido a ti. Te considero la hija que nunca tuve.

Valerie apartó la vista.

—Val, sabemos que el cambio de ciudad fue demasiado repentino —terció Marina—, y te dije que Wayne había conseguido un ascenso importante. Eso era totalmente cierto. Pero la verdad es que iban a cerrar las oficinas de Chicago donde él trabajaba, y si no hubiera aceptado la oferta en Nueva York, se habría quedado sin empleo. —Valerie se quedó callada. Marina la miró y continuó—: Valerie, tu padre te quería mucho. Estoy segura de que le reconfortaría saber que Wayne está aquí para apoyarte y que te quiere.

Valerie pensó en revelarles lo que ocurría en realidad, pero sus labios se negaron a articular las palabras. Se lo había contado a Kerry, la única persona en quien sentía que podía confiar, pero ahora estaba muerta. Sacudió la cabeza como para expulsar de su mente lo que su madre y su padrastro le habían dicho. Echó la silla hacia atrás y se levantó de la mesa con brusquedad.

Marina la siguió escaleras arriba.

—Valerie, estás disgustada por algo de lo que no quieres hablar. Pero no puedes vivir con eso dentro. Has perdido a tu padre y a tu abuela. Creo que lo que te hace falta es hablar con un terapeuta, alguien que pueda ayudarte.

—Hazme un favor, mamá. Déjame en paz —soltó Valerie antes de cerrar la puerta de su habitación.

56

Mientras conducía hacia la casa de los Chapman, Mike seguía analizando las implicaciones de la conversación que había mantenido aquella mañana con Tony Carter y su padre. «Jamie Chapman dijo que se había ido a nadar a la piscina con Kerry después de la fiesta.» Tony estaba seguro de que recordaba con exactitud lo que Jamie le había contado. No convenía subestimar el impacto que provocaría en la investigación.

Mike les había recalcado a Tony y a sus padres la importancia de que no compartieran con nadie esa información sobre Jamie. Pero no se había quedado tranquilo. Tenía la impresión de que tendían a hablar más de la cuenta.

La familia de Kerry había descubierto el cadáver a las 11.15 del domingo. El informe forense solo arrojaría un cálculo aproximado del tiempo que había permanecido en el agua. Kerry le había enviado a Alan un mensaje de texto a las 23.10 para pedirle que no fuera a su casa. Suponiendo que ella fuera realmente la autora del mensaje, y Mike no tenía motivos para creer lo contrario, se trataba del último momento documentado en que ella seguía con vida.

Tanto los tres amigos de Alan como la camarera de Nellie's confirmaron que Alan salió del local hacia las 23.15. El trayecto de 6,3 kilómetros en coche desde Nellie's hasta la residencia de los Dowling debió de llevarle a Alan unos once minutos. ¿Cabía la posibilidad de que Jamie se diera un baño en la piscina con Kerry después de las 23.00, pero antes de que Alan regresara a la casa? Sin duda era muy poco probable.

Mike había pedido al detective Andy Nerlino que lo acompañara porque quería interrogar a Marge y a Jamie por separado.

—Hablé con ellos el día que descubrieron el cuerpo —le dijo Mike—. La sensación que tuve cuando me marché de la casa fue que sus respuestas parecían ensayadas.

—Entendido.

Cuando llegaron al domicilio de los Chapman, Mike tocó el timbre de la puerta principal. No hubo respuesta. Rodearon la casa para comprobar si la familia se encontraba en el patio de atrás. Como no había nadie allí, Andy se acercó a la puerta posterior y llamó.

—Mike, ven aquí y échale un vistazo a esto —exclamó de pronto.

Señaló una mancha pequeña y emborronada en la puerta blanca de madera, justo debajo del picaporte.

—¿Sangre? —preguntó Mike, agachándose para examinarla más de cerca.

—Podría ser —respondió Andy.

Mike sacó su móvil y, después de tomar varias fotos de la mancha, marcó el número de su oficina.

—Necesito ahora mismo un técnico experto en pruebas —dijo con sequedad.

Veinte minutos después se presentó allí el técnico. Tomó una muestra de la mancha y la guardó en una bolsa con precinto para pruebas.

Mike y Andy se mostraron de acuerdo en que era mejor que los Chapman no estuvieran en casa.

—Antes de hablar con ellos tenemos que saber si esta mancha es de sangre y, en caso afirmativo, a quién pertenece —indicó Mike—. Les pediremos a los del laboratorio que le concedan prioridad, pero aun así tardaremos unos días en obtener los resultados. Llamaré de nuevo a los Carter y les insistiré en lo importante que es que mantengan la boca cerrada.

57

La policía había instado a Tony Carter a no decir nada sobre lo que había declarado ante ellos. Durante unos días, había conseguido no hablar del asunto. Pero cuando a los Carter les llegó la noticia de que alguien había visto coches de la policía frente a la casa de Marge Chapman, Tony no pudo contenerse más. Sus padres no tuvieron mucho más éxito a la hora de permanecer callados.

La historia de Tony —«Yo ayudé a resolver el asesinato de Kerry; Alan Crowley es inocente; Jamie Chapman fue el último en estar con Kerry antes de su muerte»— se propagó por la ciudad como la pólvora.

La reacción de Alan, muy alejada de la euforia, sorprendió a sus padres.

—La policía la está cagando —dijo con toda naturalidad—. Vi a Kerry y a Jamie juntos muchas veces. Él era tan incapaz de matarla como yo.

—No puedo creer que no estés feliz y emocionado —gruñó June—. Pienso que deberíamos llamar a Princeton ahora mismo.

—Mamá, no te hagas demasiadas ilusiones con respecto a los cotilleos sobre Jamie. Te digo que no son verdad. Cuando lo descubran, ¿sabes a quién vendrán a buscar otra vez? —dijo apuntándose al pecho.

Irritada ante la apatía con que su hijo había recibido la estupenda noticia, June salió de la habitación con paso furioso y subió las escaleras. Llamó a Lester Parker y, con un tono de voz exultante, le contó las novedades relacionadas con Tony Carter.

—June —dijo Parker—, estaba a punto de telefonearte. Acabo de oír el rumor de que un vecino estuvo en la piscina con Kerry después de la fiesta. Pero no cantemos victoria antes de tiempo. Tengo entendido que el joven que afirma que se encontraba con ella padece una discapacidad intelectual considerable. La policía podría concluir que su testimonio es una fantasía, una invención o un relato poco fiable.

Cuando June colgó el teléfono, se sentía desanimada y a la vez más optimista. A pesar de la prudencia de Lester Parker, Alan tenía que darse cuenta de que la policía estaba investigando a otro sospechoso. Esperaba que eso le levantara la moral lo suficiente para apartar de su mente la idea de hacerse daño.

58

Era la hora del almuerzo cuando varios estudiantes abordaron a Aline y le contaron emocionados que Tony Carter había acudido a la policía. Su reacción instintiva fue pensar que Jamie jamás le habría tocado un pelo a Kerry. Aline había empezado a hacerle de canguro cuando él tenía ocho años. Kerry tenía seis en aquel entonces. Cuando iba a casa de Jamie a cuidarlo, a menudo llevaba a su hermana consigo, y cuando hacía buen tiempo para nadar, invitaba a Jamie a la piscina familiar.

Él siempre se mostraba de lo más tierno, pensó Aline. Quería tanto a Kerry...

Al salir del instituto, se fue directa a casa. La puerta principal no estaba cerrada con llave.

—Mamá —llamó Aline al entrar.

—Estoy aquí fuera —respondió su madre desde el patio trasero.

Fran estaba sentada en una tumbona, cerca de donde Steve había tendido el cuerpo sin vida de Kerry después de sacarla de la piscina. Aline se preguntó si su madre se sentaba allí a menudo y por qué había elegido ese lugar en particular.

—Doy por sentado que ya habrás oído lo de Tony Carter. Me pregunto cuánto le han pagado los Crowley a los Carter para que Tony difunda esa historia. Es asqueroso que intenten culpar a alguien como Jamie, que ni siquiera puede defenderse.

—Mamá, ¿por qué habrían de hacer algo así los Carter?

—Yo te diré por qué. Porque son unos trepas. Yo misma he oído a June Crowley comentar que Carl Carter siempre está incordiando a Doug para que lo apadrine como socio del club de campo de Ridgewood. Menuda faena, acusar al pobre inocente de Jamie de un crimen cometido por su hijo.

—Mamá, ya sabes cuánto aprecio a Jamie —repuso Aline—, pero, de verdad, no me creo que los Crowley convencieran a Tony Carter de que mintiera por ellos.

—Llevas defendiendo a Alan desde el primer día. No te entiendo.

—Mamá, tú has intentado incriminar a Alan desde el primer día. ¡Soy yo quien no te entiende a ti!

—Pues está claro que no vamos a ponernos de acuerdo —dijo Fran con firmeza.

—Oye, mamá, lo último que quiero es que nos enfademos. Pero te diré una cosa. ¿Te acuerdas de que Mike Wilson os preguntó a papá y a ti si estabais enterados del pinchazo que había tenido Kerry?

—Sí. Y ella no nos lo había contado porque tu padre había estado insistiéndole en que cambiara el neumático.

—Pues la policía aún no ha encontrado al conductor de grúa que le arregló el pinchazo y que quería venir a casa cuando se hubieran marchado los invitados de la fiesta. Han detenido a Alan, pero sé que Mike no se quedará satisfecho hasta que localicen a ese tipo y averigüen dónde estaba esa noche.

—¿Qué intentas decirme? —preguntó Fran.

—Intento decirte que hace veinticuatro horas no sabíamos que Jamie supuestamente había estado con Kerry en la piscina la noche de la fiesta. Las dos estamos seguras de que él no tuvo nada que ver con lo que le sucedió a Kerry. La policía todavía no ha dado con ese conductor. Lo que intento decirte es que hay muchas cosas que aún no sabemos. Así que es mejor que reservemos nuestros juicios para más adelante.

—De acuerdo. Aparquemos el tema. Tomemos una copa de vino. —Cuando estaban en el salón tomando el vino, Fran comentó—: Nos dijiste que irías a un seminario con Scott Kimball y que a lo mejor cenarías con él. ¿Qué tal te fue?

—¿En el seminario o en la cena? —preguntó Aline con una sonrisa.

Fran consiguió reírse.

—Todos los seminarios son iguales. Mejor háblame de la cena.

—Pues la verdad es que fue muy agradable. Fuimos a un restaurante italiano. La comida estaba deliciosa. Yo pedí...

—Quiero que me hables de Scott Kimball —la interrumpió su madre.

—Vaya, ¿por qué será que no me sorprende? Scott me cae bien. Me parece un tipo muy simpático, y además bastante guapo. Es inteligente y me siento cómoda hablando con él.

Sin embargo, mientras hablaba, le vino a la mente el recuerdo de cuando estaba sentada a la mesa frente a Mike Wilson. Su compañía me resultó mucho más grata, pensó. Pero no es buen momento para decirlo.

—Cielo, estos días han sido muy duros para todos nosotros —declaró Fran—. O sea que si se te presenta la oportunidad de disfrutar de una velada agradable, quiero que la aproveches. Tu padre y yo estamos planeando pasar un fin de semana largo en las Bermudas. Un cambio de aires nos vendría bien a los dos.

—Estoy de acuerdo. Sería genial, sí, para ambos.

59

Mike echó una ojeada al informe de laboratorio sobre el análisis de la muestra que el técnico había obtenido de la mancha en la puerta trasera de los Chapman. Era sangre. La comparación con el ADN de Kerry había arrojado un resultado positivo. No cabía duda de que se trataba de la sangre de Kerry.

Armado con la declaración de Tony Carter de que, según Jamie, se había ido a nadar con Kerry después de la fiesta, y con pruebas de que habían encontrado sangre de Kerry en la puerta posterior de los Chapman, Mike solicitó una orden de registro. Se la concedieron de inmediato.

El día se había nublado. Soplaba una brisa inusualmente fresca para una mañana de septiembre. Mike, a quien le encantaba jugar al golf, esperaba que no fuera un signo de que el frío llegaría antes de lo habitual.

Con Andy Nerlino de pie a su lado y la orden de registro en la mano, tocó el timbre de los Chapman. La puerta se abrió casi en el acto. Marge llevaba un delantal encima de unos pantalones viejos con manchas de lejía. Parecía sorprendida de verlos.

—Señora Chapman, tal vez se acuerde de mí. Me llamo Mike Wilson. Soy detective de la fiscalía del condado de Bergen. Le presento a mi colega, el detective Andy Nerlino.

—Por supuesto que me acuerdo de usted. ¡Qué vergüenza! Llevo la ropa de hacer la limpieza. No esperaba su visita.

—No se preocupe, señora Chapman —dijo Mike—. Está perfecta así. No obstante, debo comunicarle que traemos una orden de registro dictada por un juez. Tenga, esta copia es para usted.

Marge bajó la vista hacia el documento, aturdida.

—No lo entiendo. ¿Por qué demonios querrían ustedes registrar mi casa?

—Por motivos relacionados con la investigación del asesinato de Kerry Dowling. Ya que estamos aquí, nos gustaría hablar con usted y con su hijo Jamie. ¿Está él en casa?

—Está arriba, en su cuarto, viendo la tele —contestó Marge con la boca reseca.

—El detective Nerlino se quedará aquí abajo con usted. Yo subiré a conversar con Jamie.

—Oh, no —suplicó Marge—. Jamie podría alterarse. Creo que yo debería estar a su lado cuando hable con usted.

—Su hijo tiene veinte años, ¿verdad?

—Sí, así es.

—En ese caso, es un adulto desde el punto de vista legal. Voy a hablar con él a solas —insistió Mike mientras se dirigía hacia las escaleras.

Marge extendió la mano como para detenerlo. Luego soltó un suspiro de nerviosismo y se acercó al sofá. La aspiradora estaba encima de la alfombra. La rozó con el pie al sentarse. Sobre la mesa había un paño para el polvo y cera para muebles. De forma casi inconsciente, ella los cogió y los dejó junto a la aspiradora.

—Me recuerda a mi madre —comentó Andy—. Limpia la casa de arriba abajo una vez por semana. Cuando termina, no deja ni una mancha. Se nota que es usted como ella.

Marge se humedeció los labios.

—Supongo que sí. Quiero subir para estar con Jamie.

—El detective Wilson acabará enseguida. Lo siento, pero debo insistir en que permanezca usted aquí.

Mike llamó a la puerta entornada de Jamie.

—Hola, Jamie —dijo mientras la empujaba para abrirla del todo—. Soy Mike Wilson. ¿Te acuerdas de mí?

Jamie estaba despatarrado en la cama. Se oía de fondo la película *Ace Ventura, un detective diferente.*

—Usted trabaja en Hackensack —señaló Jamie con orgullo.

—En efecto, Jamie. Soy detective. Tengo la oficina en Hackensack. ¿Te parece bien si apagamos la tele mientras charlamos?

—Claro. Es un vídeo. Puedo verlo siempre que quiera —respondió Jamie, levantándose y pulsando el interruptor del televisor. Regresó a su cama y se sentó en ella.

—Me gusta ver películas —dijo Mike—. ¿Y a ti?

—Sí. Mamá siempre me compra cintas y DVD por mi cumpleaños.

—Tu madre es muy buena persona.

—Me quiere, y yo a ella.

—Jamie, ¿te acuerdas de la última vez que vine a hablar contigo en tu habitación?

El chico asintió.

—Me dijiste que Kerry había subido al cielo.

—Está allí con mi papá.

—Y yo te dije que la policía y los padres de Kerry estaban intentando averiguar qué le pasó antes de subir al cielo.

—Lo recuerdo.

—Eso es estupendo, Jamie. Apuesto a que se te da muy bien recordar cosas.

El muchacho sonrió.

—Quiero que recuerdes la noche que Kerry dio su fiesta,

la noche que subió al cielo. Te pregunté si habías visto a Kerry en su jardín trasero, limpiando después de la fiesta. ¿Sabes qué me contestaste? —Mike sacó su libretita y leyó en voz alta—. Dijiste: «No fui a nadar con Kerry».

—No se me permite hablar de eso —aseguró Jamie, bajando los ojos para rehuir la mirada de Mike.

—¿Por qué no, Jamie? —Como el chico no respondió, Mike insistió—: ¿Quién te ha prohibido hablar de esto?

—Mi madre dice que es un secreto. Y los secretos no hay que contarlos.

Mike se quedó callado unos instantes.

—Jamie, tu madre me ha dicho que me daba permiso para subir a tu cuarto a hablar contigo. ¿Sabes qué más me ha dicho?

—No —contestó negando con la cabeza.

—Ha dicho que te da permiso para contarme el secreto. Incluso me ha revelado una parte de ese secreto. Me ha dicho que la noche de la fiesta de Kerry no te quedaste en tu habitación sino que saliste. Ha dicho que puedes contarme el resto del secreto.

—Vale —dijo Jamie bajito—. Kerry me deja nadar con ella. Después de la fiesta, se fue a nadar. Yo quería nadar también, así que me acerqué a su casa.

—¿Estaba Kerry en la piscina cuando llegaste?

—Sí.

—¿Hablaste con ella cuando llegaste?

—Sí.

—¿Qué le dijiste?

—Le dije: «Kerry, soy Jamie. Vengo a nadar contigo».

—Jamie, quiero que hagas un esfuerzo por recordar una cosa. Es muy importante. ¿Kerry te respondió?

—Me dijo «No puedo».

—¿Kerry te dijo «No puedo nadar contigo»?

—Estaba dormida en el agua.

—Jamie, ¿te metiste en el agua con Kerry?

Al muchacho se le llenaron los ojos de lágrimas.

—Me mojé las zapatillas nuevas y el pantalón.

—¿Tocaste a Kerry cuando estaba en la piscina?

Jamie movió la mano en el aire como si sacudiera a alguien.

—Le dije: «Despierta, Kerry, despierta».

—¿Y ella qué dijo?

—Siguió durmiendo en el agua.

—Jamie, estás haciendo muy bien lo de recordar. Tengo algunas preguntas más para ti. Así que Kerry seguía durmiendo en la piscina. ¿Qué hiciste tú entonces?

—Tenía las zapatillas y el pantalón empapados. Vine a casa y subí a mi cuarto.

—¿Dónde estaba tu madre cuando regresaste?

—Durmiendo en su sillón.

—¿Dónde está ese sillón?

—En el salón.

—¿Hablaste con tu madre?

—No. Estaba dormida.

—Vale. ¿Qué hiciste cuando viniste a tu habitación?

—Me quité las zapatillas y los zapatos y los pantalones. Los escondí en el suelo de mi armario.

—¿Por qué los escondiste?

—Porque estaban mojados. Las zapatillas son nuevas. Se supone que no debo mojarlas.

Mike reflexionó por un momento. La información proporcionada por Tony Carter parece correcta.

—Jamie, ¿sabes lo que es un palo de golf?

—El señor Dowling tiene uno.

—La noche que fuiste a nadar con Kerry después de la fiesta, ¿viste un palo de golf?

—Lo dejé en la tumbona.

—Jamie —dijo Mike bajando la vista hacia su libreta—,

la última vez que vine a verte, me comentaste que no te habían invitado a la fiesta. Tú eres mayor, y la fiesta era solo para los chicos del instituto. ¿Te acuerdas de eso?

—Sí —contestó él mirando al suelo.

—Cuando a la gente no la invitan a las fiestas, a veces se enfada. ¿Estabas enfadado con Kerry porque no te había invitado?

—Soy su amigo.

—Ya lo sé, Jamie, pero a veces los amigos hieren nuestros sentimientos. Cuando Kerry no te invitó, ¿te enfadaste con ella?

—Me puse triste.

—Y ¿qué haces cuando te pones triste?

—Me meto en mi cuarto y veo vídeos y DVD.

Mike decidió cambiar de estrategia.

—Jamie, ¿conoces a Alan Crowley?

—Mi madre y yo lo vimos por la tele. Besó a Kerry y se fue a casa.

—¿Y luego qué pasó, Jamie?

—El Muchachote la golpeó y la empujó a la piscina.

—¿Sabes quién es el Muchachote?

Jamie desplegó una gran sonrisa.

—Mi papá me llamaba Muchachote.

—Jamie, ¿golpeaste tú a Kerry?

—No.

—¿La empujaste a la piscina?

—No. Fue el Muchachote.

—Jamie, ¿tú eres el Muchachote?

—Sí.

—¿Eres el Muchachote que golpeó a Kerry y la empujó a la piscina?

—Soy el Muchachote. El Muchachote golpeó a Kerry y la empujó a la piscina.

—Jamie, tú eres un Muchachote. ¿Hay alguien más que sea un Muchachote?

Se oyeron pasos en las escaleras. Marge abrió la puerta y entró, seguida por Nerlino.

—No tienen derecho a mantenerme separada de mi hijo —dijo ella. Se acercó a Jamie y se sentó a su lado—. ¿Te encuentras bien, cariño?

—Le he contado el secreto. Me has dado permiso.

Marge clavó en Mike Wilson una mirada fría y hostil.

Mike se puso de pie.

—Señora Chapman, como hemos dicho antes, tenemos una orden para registrar su domicilio. —Se fijó en los pies de Jamie—. ¿Esas son tus zapatillas nuevas, Jamie?

—Sí. ¿Le gustan?

—Ya lo creo. Tengo que pedírtelas prestadas durante unos días.

—Por mí, bien —dijo Jamie. Mirando a su madre en busca de aprobación, se quitó las zapatillas.

—Jamie, ¿te acuerdas de qué ropa llevabas la noche que fuiste a nadar con Kerry después de su fiesta?

—Y tanto. La camisa me la compró mi madre.

—¿Me dejas verla?

—Claro —respondió Jamie dirigiéndose a la cómoda. Abrió y cerró dos cajones—. Mamá la compró en Disneyworld —añadió orgulloso, mientras la desplegaba para mostrársela al detective.

—¿Recuerdas qué pantalón llevabas cuando te metiste en la piscina con Kerry?

Jamie echó un vistazo al interior de su armario con aire confundido.

—Tengo un montón de pantalones.

—No pasa nada, Jamie. ¿Así que esa es la camisa que llevabas cuando fuiste a darte un baño en la piscina con Kerry?

—Sí —dijo él sonriente—. Ya está seca.

—¿La lavaste tú, Jamie?

—Yo no; mi madre.

Según Tony Carter, aquel domingo por la mañana, en el Acme, cuando había hablado con Jamie, este le había dicho que no llevaba sus deportivas nuevas porque se le habían mojado.

—Jamie, te presento al detective Nerlino. ¿Quieres llevar la camisa y las zapatillas abajo? Él te dará una bolsa donde meterlas.

—Vale —dijo Jamie, saliendo de la habitación detrás de Nerlino.

En cuanto se quedaron a solas, Marge se puso a la defensiva.

—Puede preguntárselo al padre Frank. Yo tenía pensado llamar a la policía para contarles lo que había visto Jamie. El abogado con el que el padre Frank ha contactado para que nos ayude a Jamie y a mí está en Atlanta. Yo iba a acudir a ustedes cuando hubiera hablado con él, dentro de dos días. El padre Frank me acompañará a verlo. Luego podremos hablar.

—Dejemos las cosas claras, señora Chapman: ¿me está diciendo que Jamie y usted tienen un abogado?

—Pues sí, lo tenemos.

—Están en su derecho.

—Quiero consultarlo con él antes de que Jamie o yo hablemos de nuevo con usted.

—De acuerdo. Se han acabado las preguntas por hoy, pero ejecutaremos la orden de registro.

—He hecho bien al contarles nuestro secreto, ¿verdad, mamá? —gritó Jamie desde abajo.

—Sí, Jamie, has hecho bien —gritó ella a su vez.

Su tono denotaba cansancio y, cuando llegó al pie de las escaleras, le faltaba el aliento.

Sonó el teléfono. Era el padre Frank.

—Marge, solo te llamo para comprobar que estáis bien.

60

Para Marge, los dos días que tuvo que esperar a que el abogado Greg Barber regresara de Atlanta resultaron interminables. Le había dicho al padre Frank que el detective Wilson había insistido en hablar con Jamie sin que ella estuviera presente.

—No sé qué le ha contado Jamie ni cómo lo tergiversará el detective —se lamentó—, pero estoy muy asustada.

—Marge, la cita con Greg Barber es pasado mañana a las diez. Te recogeré a las nueve y media en el coche e iremos juntos. Greg es un abogado defensor de primera categoría. Eso te lo garantizo. Sé que te sentirás más tranquila después de hablar con él.

Jamie sabía por instinto que su madre estaba disgustada. En tres o cuatro ocasiones, le preguntó: «Mamá, ¿te has enfadado conmigo por haber revelado nuestro secreto? Mike dijo que me habías dado permiso».

«No estoy enfadada contigo, Jamie», repetía Marge siempre. Cada vez que él le hacía esa pregunta, le recordaba lo confiado que era y la facilidad con que se le podía manipular para que respondiera lo que uno quisiera.

Tal como había prometido, el padre Frank la recogió a las nueve y media en punto.

—El despacho de Greg Barber está a la vuelta de la esquina del juzgado —le explicó.

Cuando pasaron junto al tribunal, Marge lo miró y se estremeció. Aquí fue donde trajeron a Alan Crowley, pensó. Recordaba las imágenes del chico con el mono color naranja que había visto por televisión. No soportaba imaginar a Jamie así vestido.

Aunque llegaron diez minutos antes, la recepcionista los condujo de inmediato hasta el despacho privado de Greg Barber.

A Marge le gustó su aspecto. De unos cincuenta años, tenía el cabello cano y ralo. Sus gafas de montura de carey le conferían una apariencia de maestro de escuela. Salió de detrás de su escritorio para recibirlos y les indicó que lo acompañaran hasta una pequeña mesa de conferencias.

En cuanto se sentaron, Barber fue directo al grano.

—Señora Chapman, el padre Frank me ha informado sobre su hijo. Creo entender que tiene necesidades especiales, una discapacidad intelectual, ¿es así?

Marge asintió, y a continuación estalló.

—El padre Frank y yo habíamos planeado ir con usted a la policía para contarles lo que Jamie vio, pero entonces ese bocazas de Tony Carter comenzó a presumir de que había resuelto el asesinato y a asegurar que mi Jamie había matado a Kerry Dowling. A raíz de eso, el detective fue a vernos a casa e insistió en hablar con Jamie arriba, en su habitación, mientras yo me quedaba abajo. Solo Dios sabe qué le indujo a decir con engaños.

—Señora Chapman, sin duda habrá oído hablar de los derechos Miranda. ¿Les dejó claro el detective a Jamie y a usted que no estaban obligados a hablar con él?

—No recuerdo que dijera nada por el estilo. No tengo ni idea de lo que le dijo a Jamie en su cuarto.

—¿Qué edad tiene Jamie?

—Veinte años.

—¿Fue al colegio?

—Por supuesto. Estudió en el instituto local, el de Saddle River. Fue a clases especiales durante los cuatro años que estuvo allí.

—¿Cuál es el origen de su discapacidad?

—Cuando nació, el parto fue difícil. Le faltó oxígeno. Los médicos nos dijeron que sufría daños cerebrales.

—¿Jamie vive con usted ahora?

—Claro. No podría apañárselas solo.

—¿Y su padre?

—Murió cuando Jamie tenía quince años.

—¿Jamie trabaja?

—Sí. Trabaja en el Acme del pueblo, metiendo en bolsas la compra de los clientes cinco días por semana, cuatro horas al día. Fue allí donde le dijo a Tony Carter que se había ido a nadar con Kerry la noche de la fiesta.

—Señora Chapman, los padres de jóvenes con discapacidad intelectual a menudo toman una decisión por la época en que el hijo cumple los dieciocho años. Para protegerlo, solicitan una tutela que, a ojos de la ley, lo convierte en un niño permanente. ¿Lo hizo usted en nombre de Jamie?

—En la escuela me sugirieron que solicitara esa tutela. Y eso hice.

—¿Así que acudió a los juzgados, compareció ante un juez y él le concedió una tutela total? ¿Toma usted las decisiones importantes por él?

—Sí, fue poco después de que cumpliera los dieciocho.

—Bien. ¿Tiene localizado sus documentos de tutela?

—Los tengo en casa, en el cajón de arriba de mi cómoda.

—Marge —dijo el padre Frank—, ya me los darás cuando te lleve a casa.

—¿Para qué los quiere? —le preguntó ella a Barber.

—Para determinar si el detective tenía derecho a interrogar a Jamie sin tu presencia y sin tu permiso. Por otro lado, aunque Jamie no estaba detenido ni bajo custodia policial, creo que tengo buenos argumentos para alegar que, en su condición de sospechoso, no estaba obligado a hablar con el detective.

»Pero eso lo dejaremos para más tarde. Ahora, empecemos por el principio, por la noche en que su joven vecina organizó una fiesta y fue asesinada. Cuénteme todo lo que recuerde de esa noche y de la mañana siguiente, hasta el momento en que los detectives se presentaron en su casa, la semana pasada.

Paso a paso, Marge le refirió todo lo ocurrido. Que había encontrado la ropa y las zapatillas mojadas de Jamie en el armario. Que había visto a Steve Dowling sacar el cuerpo de Kerry de la piscina. Que, llevada por el pánico, había lavado la ropa y las zapatillas. Que había obligado a Jamie a jurar que no le comentaría a nadie que esa noche había ido a la piscina. Que Jamie le había dicho que había visto a Alan hablar con Kerry y luego marcharse.

Y comentó a Greg Barber su temor de que Jamie declarara que el Muchachote había golpeado a Kerry y la había empujado a la piscina, y le confesó que se había sentido culpable desde la detención de Alan Crowley.

—El padre Frank me apoyará en esto —aseguró para finalizar—. Yo pensaba acudir a la policía después de hablar con usted. Pero entonces ese Tony Carter le dijo a todo el mundo que había solucionado el caso de Kerry y que Jamie era el culpable.

—Señora Chapman, en otras circunstancias consideraría conveniente que dos miembros de una familia que están siendo investigados por la policía tuvieran abogados distintos. Sin embargo, creo que, por el momento, puedo ser su abogado y el de Jamie. ¿Supone esto un problema para usted?

—Para nada, señor Barber. Sé que hará usted lo mejor para los dos, pero el que me preocupa es Jamie.

—De acuerdo. Ya nos ocuparemos de los detalles económicos más tarde. Por ahora, déjelo todo en mis manos. —Se volvió hacia el sacerdote—. Padre, después de llevar a la señora Chapman a su casa, ¿puede dejarme los documentos de tutela en el buzón de mi casa, por favor?

—Por supuesto —respondió el padre Frank.

—Señora Chapman, es de vital importancia que escuche con atención lo que voy a decirle. Si alguien se pone en contacto con Jamie o con usted para hablar de este caso, no deben contarle nada. Solo denle mi número de teléfono e indíquenle que contacte conmigo.

—Señor Barber...

—Por favor, llámeme Greg.

—Greg, no te imaginas lo aliviada y agradecida que me siento. Por favor, llámame Marge.

Él sonrió.

—Marge, el padre Frank siempre habla muy bien de ti y de tu hijo. Superaremos este bache. Quiero que regreses mañana a la una del mediodía, con Jamie. Necesito repasarlo todo con él.

61

Aline se había quedado inquieta tras su conversación con Fran. Tenía que hablar de Jamie con Mike Wilson, pero sabía que no sería una conversación breve.

El detective respondió al primer tono.

—Mike, soy Aline Dowling. Tengo información que quiero compartir contigo. ¿Estás libre para cenar esta noche, por casualidad?

—Sí, lo estoy —respondió él de inmediato.

—¿Conoces el restaurante Esty Street, uno que está en Park Ridge?

—Claro. Me encanta su comida.

—¿Quedamos allí a las siete?

—Hecho.

Aline se sintió más relajada durante el resto de la tarde. Sabía que Mike Wilson estaba decidido a encontrar al asesino de Kerry, pero no conocía a Jamie como ella.

Cuando llegó al restaurante, Mike ya estaba allí. Le hizo señas desde una mesa del rincón. Al sentarse, Aline vio que había una copa de vino blanco esperándola. Esta vez Mike también tenía una copa de vino blanco delante.

—Esta noche beberé lo mismo que tú —dijo.

—Si alguna vez he necesitado una copa de vino, es en este momento —afirmó Aline.

—Pues me alegro de que no hayas tenido que esperar a que te la sirvan. Por cierto, ¿cómo están tus padres?

—Un poco mejor. Planean irse de fin de semana largo a las Bermudas.

—Pues hacen bien. Han atravesado una situación muy difícil. —El camarero les llevó las cartas—. Echemos un vistazo y pidamos antes de que el local se llene demasiado.

Notaba que Aline estaba nerviosa. Percibía la tensión en su mirada, y se dio cuenta de que había perdido peso en las últimas semanas.

—Aline —dijo—. Me he interesado por tus padres, pero he olvidado preguntarte cómo estás tú.

—La verdad, Mike, no puedo creer lo que está pasando. Soy la primera en admitir que no conozco muy bien a Alan Crowley. Durante casi toda la temporada que estuvo saliendo con Kerry, yo estaba en Londres. Lo vi en un par de ocasiones cuando volví a casa por vacaciones. Pero cada vez que mi hermana lo mencionaba en sus mensajes de correo electrónico, saltaba a la vista que Alan y ella se profesaban un profundo afecto. Sé que tuvieron aquel rifirrafe en la fiesta, pero hay una gran diferencia entre estar molesto con alguien y matarlo.

»Seguro que ya sabes que Tony Carter le está contando a todo el mundo que Jamie mató a Kerry. Me pongo histérica cada vez que lo oigo. Yo empecé a hacer de canguro de Jamie cuando él tenía ocho años. Puedo garantizarte que es del todo imposible que él agrediera a Kerry. Simplemente la quería.

—Aline, acabas de admitir que no conoces muy bien a Alan Crowley porque estabas fuera cuando Kerry salía con él. Permíteme que te recuerde que durante esos años también estuviste lejos de Jamie. Ese niño tan tierno al que cuidabas ahora es un joven. La gente cambia con el tiempo. Es posible que Jamie también.

—Mike, la gente no cambia tanto. Juraría sobre una pila de Biblias que Jamie es incapaz de hacerle daño a nadie, y menos aún a Kerry.

—Aline, voy a contarte algo que seguramente no debería comentar. Quiero que me prometas que lo que voy a decirte no saldrá de aquí.

Aline asintió.

—El otro día fui a casa de los Chapman y hablé con Jamie. Ahora mismo, mi oficina está analizando varias posibles pruebas. Sabremos muchas más cosas cuando obtengamos los resultados.

Aline comprendió que debía conformarse con eso.

—Solo para que conste, Mike, mi madre está de acuerdo conmigo en que Jamie jamás le tocaría ni un pelo a Kerry. Y ella lo veía muy a menudo durante mis tres años de ausencia.

—Aline, quiero averiguar qué le sucedió a Kerry. Investigaré todas las pistas hasta llegar al final. —Decidió cambiar de tema—. ¿Qué hay de nuevo en la escuela?

—Poca cosa. Ahora mismo los alumnos del último año trabajan a marchas forzadas para terminar su redacción de solicitud de admisión a la universidad. Paso mucho tiempo trabajando con ellos. Como te imaginarás, algunos están muy indecisos respecto a qué universidad elegir.

—No me extraña. Es la primera decisión realmente importante que van a tomar en la vida.

—Hay una alumna que me preocupa. Empezó a ir al instituto en enero, después de mudarse desde Chicago. Sin razón aparente, sus notas han empeorado. Se la ve muy retraída. Sus padres están desesperados.

—¿Crees que se trata de un problema de drogas?

—No, no lo creo. Pero intuyo que se calla algo. Aunque no tengo idea de qué puede ser.

—¿Tiene amigos en el instituto?

—Pese a ser dos años menor, estaba muy unida a Kerry

cuando las dos jugaban al *lacrosse* la primavera pasada. Me han dicho que Kerry era su confidente en el equipo. Y ahora la echa mucho de menos.

—¿Temes que intente hacerse daño?

—Sí, y sus padres también. Trataron de convencerla de que fuera a visitar a un terapeuta. Ella se negó.

—Típico, por desgracia. Espero de verdad que sea un problema de añoranza y que lo supere con el tiempo.

Les sirvieron la comida, y a Mike le alegró comprobar que, conforme transcurría la cena, Aline se iba animando.

La acompañó hasta su coche y le abrió la portezuela. En realidad, fue un esfuerzo para resistir el impulso de abrazarla.

62

El domingo por la mañana, cuando sonó el timbre y Marge abrió la puerta, le sorprendió ver a Mike Wilson.

—Señora Chapman, he solicitado autorización para tomarle las huellas dactilares a Jamie. Él y usted tienen derecho a comparecer con su abogado ante el tribunal. Hay una vista programada para el lunes a las diez de la mañana, y el juez dictará una resolución. Tenga, su copia de los papeles.

—Nuestro abogado es Greg Barber, de Hackensack —dijo Marge, visiblemente aturullada—. Es muy bueno. Voy a llamarlo ahora mismo.

—Muy bien, aquí tiene mi tarjeta. Si el señor Barber así lo desea, puede contactar conmigo antes de la vista.

Marge marcó el número de Greg Barber mientras observaba a Wilson alejarse en su coche. La secretaria le pasó la llamada y Marge le leyó en voz alta el documento que le habían entregado.

—Marge, mantengamos la calma. Esto no me sorprende. Aunque Jamie no está detenido, el juez puede ordenar que se someta a una lectura de huellas. Os acompañaré mañana al juzgado. Protestaré, pero estoy bastante seguro de que el juez dictará la orden.

»Y, a propósito de la vista de mañana, quiero que traigas a Jamie a mi despacho esta tarde, a las siete.

El lunes a las diez de la mañana, Greg Barber se presentó en la sala del juez Paul Martinez, que irónicamente era el mismo magistrado ante el que había comparecido Alan Crowley. Barber acompañaba a Marge Champan, que tenía un aspecto abatido y asustado, y a Jamie, que parecía emocionado por estar allí.

La noche anterior, Greg se había pasado más de una hora hablando con Jamie y Marge. Todos sus instintos le decían que Jamie no había cometido ese crimen. Por otro lado, esos mismos instintos le indicaban que Alan Crowley también era inocente.

Barber tuvo una conversación con Artie Schulman, el fiscal adjunto. Le advirtió que se opondría a la solicitud de las huellas, si bien reconoció que el juez seguramente la concedería. Señaló que él representaba tanto a Marge como a Jamie, por lo que nadie debía hablar con ellos sin su permiso.

Durante la vista, que duró solo unos minutos, Schulman hizo constar los motivos para la solicitud y el interrogatorio de Jamie Chapman. Aunque, a decir verdad, el testimonio de Chapman no era del todo claro, si resultaba veraz y preciso exculparía a Alan Crowley. El juez, notoriamente desconcertado por esta nueva información, ordenó que se le tomaran las huellas a Jamie.

A continuación, Greg le explicó a Jamie con delicadeza lo que ocurriría cuando lo llevaran a la planta inferior, y le aseguró que estaría a su lado.

Jamie y Marge siguieron en silencio a su abogado mientras el detective los guiaba a las oficinas de la fiscalía, situadas en la primera planta de los juzgados. Cuando Greg y Jamie entraron, Marge se quedó esperando en un banco del pasillo.

Antes de que hubiera transcurrido media hora desde la vista, el fiscal Matthew Koenig se vio desbordado de llamadas de periodistas que le exigían detalles sobre Jamie Chapman, el nuevo sospechoso en el caso Kerry Dowling.

La persona que empleó un tono más airado al llamarlo fue el abogado de Alan, Lester Parker.

—¿Sabe qué, fiscal? Comprendo que usted no puede compartir al instante cada novedad del caso. Es evidente que la investigación está muy lejos de cerrarse. Pero tengo a un chico inocente de dieciocho años tan deprimido que sus padres temen que cometa alguna tontería. Cuando usted expone estas novedades en una audiencia pública, no es de recibo que yo tenga que enterarme a través de la prensa, y usted lo sabe.

—Oye, Lester —respondió Koenig—, he atendido tu llamada porque mereces una explicación. Esperábamos que los medios no se hicieran eco de esto hasta que le hubiéramos tomado las huellas y comprobado si nos ayudaban a avanzar en la investigación en un sentido u otro. No tenemos la menor obligación de llamarte a menos que lleguemos a la conclusión de que Alan no lo hizo. Y estamos muy lejos de alcanzar esa certeza. Voy a colgar. Ya te avisaré si surge alguna novedad significativa.

—Y yo ya te avisaré si mi cliente inocente se suicida mientras esperamos tu llamada.

63

Al salir de la vista, Marge llevó a Jamie directamente a casa en coche.

—Mamá, tengo hambre —dijo el chico a los pocos minutos de llegar—. Quiero almorzar comida china.

Marge se disponía a llamar para pedir que les llevaran algo cuando, al abrir la nevera, descubrió que se había acabado la Coca-Cola Light.

—Jamie, ya voy yo a buscar la comida china, y de paso me pasaré por la tienda. No tardaré. Ponte una peli mientras no estoy.

Cuando, veinte minutos más tarde, Marge conducía de regreso por su calle, se quedó consternada al ver una unidad móvil de televisión aparcada delante de su casa. Jamie estaba en el jardín, sonriente. A su lado había una mujer con un micrófono. Una cámara los enfocaba.

Marge enfiló el camino de entrada y frenó con brusquedad.

—Y luego me fui a nadar con Kerry —oyó decir a Jamie mientras bajaba del coche.

—¡Dejadlo en paz! —gritó Marge—. Jamie, no digas nada. Entra en casa.

Sobresaltado por el tono de su madre, Jamie corrió hasta desaparecer por la puerta.

Con el cámara pugnando por seguirle el ritmo, la periodista se acercó a Marge a toda prisa.

—Señora Chapman, ¿algún comentario sobre la vista celebrada hoy en Hackensack?

—No, ninguno. ¡Quiero que el tipo de la cámara y usted se larguen ahora mismo de mi propiedad! —chilló Marge antes de abrir la puerta principal, entrar y dar un portazo.

Sintiéndose un poco más tranquila en la seguridad de su hogar, pero muerta de preocupación por lo que Jamie pudiera haber dicho, Marge se desplomó en su sillón favorito. ¿Cuánto más seré capaz de soportar?, se preguntó mirando a su alrededor en busca de su bolso. Necesitaba una pastilla de nitroglicerina.

—¡Mamá! —gritó Jamie desde su habitación en la planta de arriba—. ¿Voy a salir por la tele como Alan Crowley?

—No, Jamie —contestó Marge, aunque en el fondo no estaba tan segura.

—Mamá, quiero comer en mi cuarto. ¿Puedes subirme la comida china?

Marge cayó en la cuenta de que la había dejado en el coche, junto con la Coca-Cola Light y su bolso. Se acercó a la ventana y echó un vistazo al exterior. El equipo de televisión se había marchado. No había moros en la costa. Salió corriendo hacia su coche.

64

El fiscal adjunto Artie Schulman y Mike Wilson entraron juntos en el despacho del fiscal Matt Koenig. Le comunicaron que una de las huellas halladas en el palo de golf pertenecía a Jamie Chapman.

—Él reconoció haberlo cogido y dejado en una tumbona, junto a la piscina —observó Mike.

—Pero también hemos encontrado las huellas de Alan Crowley en el arma, ¿no es así?

—En efecto. Sabemos que Alan mintió, pero más tarde Chapman nos dijo que había visto a Crowley hablar con la víctima y marcharse de la finca antes de que a ella le ocurriera nada.

—Tengo entendido que Chapman es discapacitado mental. ¿Crees que la información que te proporcionó es creíble? —preguntó Koenig.

Mike suspiró.

—Sí, en gran parte. Entendía mis preguntas. Guarda un recuerdo claro de haber entrado en la piscina con la víctima. Se acordó de la ropa que llevaba esa noche y me la facilitó con rapidez. Su percepción era que la víctima dormía en la piscina. Lo que, por supuesto, parece indicar que Kerry Dowling ya había muerto cuando él llegó a la escena del crimen. Sin embargo, también declaró que, cuando le dijo a Kerry que se despertara, ella respondió «No puedo». Si esto es cierto en un sentido literal, significa que ella seguía con vida.

—¿Es posible que ella estuviera herida en la piscina cuando dijo «No puedo»?

—No. Había sufrido un fuerte traumatismo en la parte posterior del cráneo. Sin duda perdió la consciencia en el acto, incluso antes de caer al agua.

—Entendido. Entonces ¿qué te dice el instinto sobre Jamie Chapman?

—Sus respuestas transmitían mensajes contradictorios. Cuando le pregunté si había golpeado a Kerry, contestó que no. Dijo que el Muchachote había golpeado a Kerry, y que su padre lo llamaba Muchachote. Por más que intenté sonsacarle si había otro muchachote en la escena, no obtuve una respuesta clara. Así que no tengo ni idea de si vio a alguien más hacerlo o lo hizo él mismo.

—Bueno, y ¿dónde nos deja esto en relación con Alan Crowley, que fue detenido a instancias de esta oficina?

—Un detalle sobre el que Jamie se mostró muy concreto fue que vio a Alan Crowley abrazar a la víctima y luego marcharse.

—Jefe, prácticamente todos los indicios apuntaban a Alan Crowley —dijo Artie, como a la defensiva—, y por eso te recomendamos que aprobaras su detención. Los últimos hallazgos nos infunden serias dudas respecto a que él fuera el asesino.

El disgusto en la expresión de Matt Koenig se hizo patente conforme comprendía la gravedad de haber detenido a una persona que tal vez era inocente.

—Lo que tenemos que hacer es averiguar todo lo posible sobre Jamie Chapman —indicó Artie—. El expediente escolar, los episodios de mala conducta. Cualquier amago de violencia. Como alumno de educación especial, debía de contar con un plan educativo personalizado. Consigámoslo, veamos qué dice y hablemos con los profesores que tuvo.

—Sabes que eso requerirá otra orden judicial —señaló Koenig.

—Sí, lo sé.

—Y sabes que el abogado de Chapman podría ponernos las cosas difíciles a cada paso. Por otro lado, irónicamente, tal vez nos dejaría conseguir esos expedientes si creyera que de ese modo puede ayudar a su cliente.

—Muy bien —dijo Artie—. Me pondré en contacto con Greg Barber y sondearé su postura.

65

La mañana siguiente a la vista y el revuelo de la prensa, Artie Schulman, Matt Koenig y Mike se reunieron de nuevo. Los tres sabían que habían llegado a un punto muerto.

Los argumentos contra Alan Crowley, que antes parecían tan sólidos, empezaban a desmoronarse. Aunque Jamie Chapman seguramente no era el asesino, aún no podía descartarse por completo como sospechoso. Había hablado de un muchachote que había atacado a Kerry, pero no sabían si se refería a sí mismo o a otra persona. Los abogados, tanto de Crowley como de Chapman, habían dejado claro que los interrogatorios a sus clientes habían terminado.

Y el irritante cabo suelto del conductor que le había cambiado el neumático pinchado a Kerry seguía sin aclararse.

Koenig había acertado al predecir que Greg Barber no se opondría a que recibieran copias de los expedientes escolares de Jamie. Barber acababa de echar una ojeada al juego que le habían enviado las escuelas donde había estudiado Jamie. Le pidió a su secretaria que realizara unas copias y las mandara a la fiscalía.

Tal como suponían, los expedientes esbozaban el retrato de un joven con una discapacidad cognitiva profunda. También revelaban que siempre había mostrado una actitud dócil y amistosa en el colegio, sin el menor asomo de violencia o agresividad.

Todos convinieron en que no estaban en condiciones de pedir al tribunal que retirara la denuncia penal contra Alan Crowley. Matt Koenig añadió con aire sombrío que él se comunicaría con Lester Parker para decirle que estaba de acuerdo en que le quitaran la tobillera electrónica y le levantaran la prohibición de viajar fuera de New Jersey. Sabía que eso apaciguaría a Parker durante bastante tiempo, pero le recalcaría que era lo más lejos que estaba dispuesto a llegar por el momento.

Koenig puso fin a la reunión diciendo:

—Sé que todos nos estamos esforzando al máximo por resolver este caso. Pero también tenemos que soportar la presión que trae consigo.

66

Habían transcurrido dos semanas y media desde la muerte de Kerry. Empezaba a asentarse una triste sensación de irrevocabilidad. Aline se esforzaba por llegar a casa antes de las seis y media de la tarde casi a diario. Quería estar allí para tomarse una copa de vino con su madre. Creía que sus charlas animaban a Fran. Pero esa tarde, en cuanto llegó, le resultó evidente que su madre estaba pasando un día muy negro. Tenía los ojos hinchados. Sentada en el salón, hojeaba un álbum de fotos familiares.

Cuando Aline entró, Fran alzó la mirada pero no cerró el libro.

—¿Te acuerdas de cuando Kerry se rompió el tobillo a los once años? Yo no paraba de advertirle que tuviera cuidado. Era una buena patinadora sobre hielo, pero no conseguía ejecutar esas piruetas como ella quería. Aun así, lo intentaba una y otra vez.

—Lo recuerdo —respondió Aline—. A mí nunca se me dio bien patinar sobre hielo.

—No, la verdad es que no —convino su madre—. Tú siempre destacaste en los estudios. Kerry destacaba en los deportes.

—Creo que es hora de tomar una copa de vino —sugirió Aline, recogiendo el álbum de fotos del regazo de su madre.

Fran cerró los ojos.

—Supongo que sí —dijo con indiferencia.

Aline se dirigió a la cocina.

—Aquí hay algo que huele de maravilla —comentó, alzando la voz para que su madre la oyera.

—Es ternera *parmigiana*. He pensado que estaría bien, para variar.

No hacía falta recordar a su hija que se trataba del plato favorito de Kerry. Aline regresó con dos copas de vino y encendió varias luces más.

—«Ilumina el rincón en el que estás» —recitó.

—Me sorprende que conozcas esa canción. Es un viejo éxito de góspel.

—Mamá, no conozco la canción. Solo sé que cada vez que enciendes una luz dices eso.

Fran le dedicó una sonrisa de corazón.

—Supongo que sí. —Al cabo de un momento, añadió—: Aline, no sé qué habríamos hecho tu padre y yo si te hubieras quedado en Londres.

—Habría venido corriendo.

—Lo sé. Bueno, hablemos de otra cosa. ¿Qué tal hoy en la escuela?

—Como ya te comenté, los alumnos del último curso están obsesionados con las universidades a las que quieren ir. A la hora de escribir las redacciones, algunos demuestran una habilidad natural. Saben narrar un relato sin esfuerzo. Para otros, cada palabra de la página supone una batalla.

El sonido de la puerta principal al abrirse anunció la llegada de Steve. Cuando entró en la sala, se fijó en las copas de vino.

—Supongo que serán las cinco en algún lugar del mundo —murmuró. Se agachó y abrazó a Fran—. ¿Cómo estás?

—Ha sido un día duro. Estaba haciendo recados cuando he pasado en el coche por delante del instituto. El equipo femenino de fútbol estaba entrenando. Eso me ha hecho pensar.

—Ya. Me he propuesto no pasar más por allí. ¿Queda algo de vino, o ya os lo habéis pimplado todo?

—Te serviré una copa, papá.

Cuando Aline estaba en la cocina, sonó el timbre.

—¿Esperamos visita? —preguntó Steve poniéndose de pie.

—No —le dijo Fran.

Cuando Aline regresó con la copa de vino para su padre, este entró en el salón junto a Scott Kimball. ¿Qué hace aquí?, se preguntó Aline.

—Hola, Scott. Vaya sorpresa. Veo que ya has conocido a mi padre. Esta es mi madre, Fran. Mamá, te presento a Scott Kimball.

—Ya sé quién es —repuso Fran—. Scott era el entrenador de *lacrosse* de Kerry.

—¿Te apetece beber algo, Scott? —preguntó Steve.

—Os acompaño con el vino blanco, si os parece bien.

—Coge esa copa —dijo Steve señalando la que Aline sostenía en la mano—. Ya me serviré yo otra.

—Siéntate —añadió Fran.

Ya puestos, ¿por qué no te quitas los zapatos?, pensó Aline.

—Bueno, Scott, ¿qué te trae por aquí? —preguntó.

—Aline, he intentado llamarte. Supongo que tenías el móvil apagado. Esta tarde me ha telefoneado un amigo. Está desconsolado. Tiene dos entradas para la función de *Hamilton* de mañana por la noche, pero ha de marcharse por la mañana por una urgencia del trabajo, así que me las ha dado a mí. Esperaba que estuvieras libre.

—Oh, Aline, qué suerte —exclamó Fran—. Tu padre y yo teníamos muchas ganas de ver esa obra.

Aline se preguntó si existía alguna manera de persuadir a Scott de que les regalara las entradas a sus padres. Titubeó; no encontraba las palabras para decir que no.

—Oh, Aline, por supuesto que irás —respondió Fran por ella—. Todo el mundo habla maravillas de ese musical.

—Scott, es todo un detalle —dijo Steve.

En el fondo, Aline quería ir a ver *Hamilton*. Pero no le gustaba la idea de salir por tercera vez con Scott Kimball. Le había sentado mal que se hubiera presentado en su casa sin avisar.

—Scott, ¿te gusta la ternera *parmigiana*? —preguntó su madre antes de que ella pudiera meter baza.

—Me encanta la ternera *parmigiana*, pero no quisiera molestar...

—Te aseguro que nadie que venga con dos entradas para *Hamilton* molesta —replicó Steve con efusividad—. ¿Verdad, Aline?

A ella no le quedó más remedio que asentir.

—Claro.

Scott se sentó delante de Aline, en la silla que solía ocupar Kerry. Durante la cena, sacó el tema de su familia.

—Me crie en Nebraska. Mis padres aún viven allí. También mis abuelos. Paso todas las vacaciones con ellos. Pero como le comenté a Aline, me encanta viajar. Salgo a la carretera casi todos los veranos.

—Nosotros vamos a un crucero fluvial una vez al año con amigos —comentó Fran—. Lo disfruto muchísimo. El año pasado tocó el Danubio. Y el año anterior, el Sena.

—Ir de crucero fluvial es el siguiente plan de mi lista —aseguró Scott—. ¿En qué línea viajasteis?

Aline permaneció callada durante la cena. Ahora solo falta que salga con que tiene dos billetes para un crucero fluvial, se dijo. Pues que vaya pensando en invitar a otra persona.

Mientras tomaban el café se preguntó por qué estaba tan molesta con Scott. Aunque no había planeado tener una segunda cita con él, debía reconocer que lo había pasado bien. Agradecía que se preocupara tanto por Valerie.

No obstante, Aline no quería que la mangonearan para que acabara saliendo con alguien. Terminaría de cenar esa noche, iría a ver *Hamilton* al día siguiente y punto. No habría más citas.

Entonces Mike le vino a la cabeza. Si él se hubiera presentado con esas entradas, ella habría estado encantada de decirle que sí.

Confirmó sus sentimientos la noche siguiente, cuando, tras salir del teatro, Scott la llevó a casa y la acompañó a la puerta. Mientras ella sacaba la llave de su bolso, él la abrazó de pronto y la besó.

—Me estoy enamorando de ti, Aline —declaró—. Mejor dicho, ya me he enamorado.

Ella se soltó del abrazo, insertó la llave en la cerradura, la giró y abrió la puerta.

—Haznos un favor a ti y a mí: ni lo intentes —dijo antes de entrar y cerrar la puerta tras de sí.

67

Mike llevaba solo unos minutos en su despacho cuando el investigador Sam Hines llamó a la puerta entreabierta.

—Mike, creo que a lo mejor he descubierto algo sobre ese conductor de grúa que buscamos.

Mike movió la mano para invitarlo a entrar y señaló una silla colocada frente a su mesa.

—¿De qué se trata?

—Lo he encontrado un poco de chiripa, porque ni siquiera lo estaba buscando. He estado investigando a conductores que trabajan para las empresas de grúas con licencia para trabajar en los municipios de la zona. Por el momento, no ha aparecido nada interesante. Pero esas empresas no son las únicas que cuentan con grúas. Los desguaces suelen tener una para retirar los vehículos siniestrados.

—Eso tiene sentido.

—Por eso esta acta de detención de la policía de Lodi resulta tan interesante. —Hines empezó a hacerle un resumen—. Edward Dietz, de veinticuatro años, ha sido detenido hace tres horas, acusado de posesión de cocaína y accesorios para el consumo de drogas. Lo han parado en la carretera 17 por exceso de velocidad y adelantamiento por la derecha. La grúa que conducía estaba registrada a nombre de Ferranda Brothers, una empresa de desguace de Moonachie.

»Y aquí es donde la cosa se pone interesante. Estoy leyendo sobre este tío cuando de repente me suena el teléfono. Es el agente Sandy Fitchet, de la policía de Lodi. Sabía que habíamos lanzado una alerta de búsqueda del conductor de la grúa. Según Fitchet, estaban reteniendo al sujeto mientras comprobaban si había órdenes de detención pendientes contra él, y resulta que hay unas cuantas. Incomparecencia ante el tribunal que lo había citado por una infracción de tráfico, retraso en el pago de la pensión alimenticia, y una denuncia por agresión, retirada hace tres meses, por haber intentado besar a una mujer a la que había ayudado a arrancar el coche en el aparcamiento del centro comercial de Woodbury Commons.

—¿Por qué se retiró la denuncia?

—La víctima era de otro estado. No se presentó para declarar.

—¿Qué edad tenía esa víctima?

—Diecisiete años.

—Así que intenta ligar con jovencitas. Se ofrece a ayudarlas y luego trata de aprovecharse de ellas. Buen trabajo, Sam. Me gustaría tener una charla con nuestro buen samaritano ahora mismo.

—Me imaginaba que dirías eso —comentó Hines—. Fitchet está en comisaría, esperándote. Dietz todavía está retenido.

Mike conducía a velocidad de tortuga por la carretera 17, con la ferviente esperanza de que ese conductor de grúa fuera el mismo que había tenido un encuentro con Kerry. Por otro lado, no quería ni imaginar la que montaría la prensa si salía a la luz que la fiscalía tenía un tercer sospechoso del caso Dowling, no relacionado con los otros dos. No nos precipitemos, pensó. Es probable que no sea el tipo que buscamos.

Cuando por fin llegó a la comisaría de Lodi, el sargento

de guardia le indicó una habitación donde Sandy Fitchet lo esperaba frente a una mesa. Había varias bolsas de plástico transparente encima. Una contenía una cartera, una navaja y un llavero. Otra estaba llena de papeles.

Resultó que «el agente» Fitchet era en realidad la agente Fitchet. Esta se puso de pie, le tendió la mano y se presentó. Mike calculó que tenía entre veinticinco y treinta años.

Fitchet lo puso al tanto de las circunstancias en las que había parado y detenido a Dietz.

—Justo ahora empezaba a examinar sus efectos personales —dijo, vaciando una de las bolsas sobre la mesa.

—Menuda cartera más gorda —observó Mike—. ¿Te importa si le echo un vistazo?

—Adelante —dijo Sandy mientras abría otra bolsa repleta de papeles.

—¿Qué es todo eso? —preguntó Mike refiriéndose a la bolsa de delante de Sandy.

—Cosas que tenía en la grúa. La pipa de crack estaba encima. Solo quería ver si había algo interesante.

—Está claro que has registrado el vehículo. ¿Cómo has conseguido la orden tan deprisa?

—No hacía falta. La grúa no es de Dietz. Está registrada a nombre de Ferranda Brothers. He hablado con el propietario. Después de asegurarme que nada de lo que encontraría dentro del vehículo le pertenece, me ha dado permiso para registrarlo.

—¿Qué impresión te ha causado Dietz?

—Estoy leyéndole sus derechos, y el muy tarado va y se pone a echarme piropos. Hay que ser baboso.

El detective sonreía mientras escuchaba. La cartera de Dietz era tan gruesa que Mike dudaba que le cupiera en el bolsillo de atrás. Empezó a sacar papeles y a separarlos en pilas. Recibos de Wendy's, Dunkin' Donuts y McDonald's. Tiques de gasolineras y supermercados. Una citación por infracción de tráfico de dos semanas atrás. Una factura de un taller de reparación de motocicletas. Varias tarjetas de visita, entre ellas, una de un médico y dos de abogados. Mike conocía a uno; tenía el despacho en East Rutherford.

De pronto, un sobre rasgado con un número de teléfono garabateado captó su atención.

Sandy debió de reparar en su cambio de expresión.

—Mike, ¿qué ocurre?

Sin responder, el detective sacó su libreta del bolsillo y comenzó a pasar páginas. Miró de nuevo el número escrito en el sobre rasgado. Una sonrisa sombría se le dibujó en los labios.

—Nos ha tocado la lotería —dijo—. El número de este papel salido de la cartera de Dietz coincide con el del móvil de Kerry Dowling. Es el hombre que buscamos.

—Mike, cuando interrogues a Dietz, ¿te importa si os miro desde la otra habitación?

—En absoluto.

Mientras aguardaba en otra sala de reuniones a que le llevaran a Dietz, Mike telefoneó a Artie Schulman. El fiscal adjunto le insistió en que lo llamara de nuevo en cuanto hubiera interrogado a Dietz.

La puerta se abrió, y entró Sandy Fitchet agarrando a Dietz por el brazo. El hombre llevaba unos vaqueros azules grasientos y botines de trabajo gastados. La camiseta con manchas oleosas tenía una rotura pequeña junto al hombro derecho y el logo de una empresa de motores en la parte delantera. Iba con las manos esposadas por delante. Sus brazos desnudos presentaban unas reveladoras marcas de pinchazos. Se sentó en una silla plegable colocada frente a Mike.

Dietz medía alrededor de metro setenta y ocho y llevaba el pelo rapado. Pese a que iba sin afeitar y tenía ojeras, sus rasgos eran atractivos.

—Señor Dietz, me llamo Mike Wilson. Soy detective de la fiscalía del condado de Bergen.

—Me llamo Eddie Dietz, aunque eso seguramente ya lo sabe. Es un honor conocerlo, detective —afirmó con sarcasmo.

—Bueno, Eddie, no quiero robarte tu valioso tiempo, así que dejémonos de prolegómenos. Para empezar, quiero que sepas que no me interesan para nada tu multa por exceso de velocidad, tus antecedentes por posesión de drogas, tus órdenes de detención pendientes ni tus retrasos con la pensión alimenticia. Estoy aquí para hablar contigo del caso de una joven. ¿Conoces a una tal Kerry Dowling?

Dietz reflexionó un momento.

—No, el nombre no me suena de nada.

—Tal vez esto te ayude a recordar —dijo Mike a la vez que sacaba una foto de Kerry de un sobre y la deslizaba sobre la mesa hacia Dietz.

Este se quedó mirándola y luego alzó la vista hacia Mike.

—Lo siento, no la conozco.

—Dices que no la conoces. ¿O sea que quieres decir que no la has visto nunca?

Dietz negó con la cabeza.

—Muy bien, Eddie. Veamos si puedo refrescarte la memoria. La chica de la foto es Kerry Dowling, de dieciocho años. Hace dos semanas y media, después de celebrar con sus amigos una fiesta con cerveza, fue encontrada muerta en la piscina de su jardín trasero.

—Ah, sí. Me parece que he visto algo sobre ese caso en la tele.

Mike cogió una bolsa de debajo de su silla y la depositó sobre la mesa.

—¿Esto es tuyo? —preguntó, señalando la cartera en el interior de la bolsa.

—Tiene toda la pinta de ser la mía.

—Es la tuya, Eddie. Y los papeles que hay apretujados dentro también son tuyos, ¿verdad?

—Es posible.

—Eddie, quiero saber qué lleva escrito este papel. —Mike colocó el sobre roto sobre la mesa, delante de él.

—El número de teléfono de alguien. ¿Y qué?

—Dejémonos de chorradas, Eddie. Cerca de una semana antes de que ella muriera, tú ibas por la carretera 17, a la altura de Mahwah. Paraste para cambiarle una rueda pinchada a Kerry Dowling. Quedaste con ella en proporcionarle el alcohol para la fiesta que estaba organizando, una fiesta a la que querías que te invitara. Incluso le preguntaste si podías pasarte por su casa cuando hubiera terminado. Como te dijo que no, intentaste forzarla.

—Yo no forcé nada. Ella quería.

—Oh, claro que sí, Eddie. Como la chica de Woodbury Commons. Un chico guapo como tú la había ayudado a arrancar su coche, y ella solo quería mostrarte su agradecimiento.

—Así es.

—Eddie, aunque me encantaría meterte un paquete por sobar a Kerry después de entregarle el alcohol, y por facilitarle alcohol a una menor, no puedo. La única testigo, Kerry Dowling, está muerta. La asesinaron. Pero la historia entre Kerry y tú no acaba aquí, ¿verdad? Más tarde, aquella misma noche, tú...

—Oiga, un momento. ¿No creerá que yo...?

—Sí, Eddie. Creo que regresaste a su casa después de la fiesta. A lo mejor ibas un poco colocado. Como rechazó tus intentos de ligártela, te pusiste furioso y la mataste.

Eddie tenía la respiración agitada. Sus ojos, antes apagados y apáticos, ahora brillaban con una mirada intensa y penetrante.

—¿Cuándo murió? ¿El sábado por la noche?

—El sábado 25 de agosto —contestó Mike—. El mismo día que tú le diste la cerveza y le preguntaste si podías asistir a la fiesta.

—Vale, lo reconozco. Cuando le llevé la cerveza, le dije que quería ir a la fiesta. Pero puedo demostrar que esa noche no estuve en su casa.

—¿Demostrarlo cómo? ¿Dónde estabas? —exigió Mike.

—Esa noche me fui a Atlantic City. Me alojé en el Tropicana. Me pasé casi toda la noche apostando.

—¿A qué hora llegaste al Tropicana?

—Me registré hacia las diez.

Mike realizó unos cálculos rápidos. Atlantic City estaba a 225 kilómetros de Saddle River. Incluso si Dietz hubiera conducido a toda velocidad, habría tardado más de dos horas en llegar. Si hubiera asesinado a Kerry a las 23.15, no habría podido llegar al Tropicana antes de la 1.30.

—No he visto ningún recibo del Tropicana en ese cubo de basura que llamas cartera.

—No lo guardo todo.

—¿Condujiste hasta Atlantic City?

—Sí.

—¿Solo?

—Sí.

—¿En qué coche?

—El mío.

—¿Tienes una tarjeta de pago de peajes?

—No desde que perdí la de crédito. Pago los peajes en efectivo.

—¿Cómo pagaste la habitación del hotel?

—En efectivo.

—Muy bien, Eddie. Voy a investigar tu historia sobre el Tropicana. Sé dónde encontrarte si te necesito.

Mientras Mike se dirigía a paso veloz hacia la puerta, el sargento de guardia lo interceptó.

—Detective, la agente Fitchet pregunta si podría esperarla unos minutos. Quiere hablar con usted antes de que se marche.

—De acuerdo —dijo Mike, acercándose a una silla y sentándose. Marcó el número de Artie Schulman, que respondió al primer tono—. Artie, todavía estoy en la comisaría de Lodi. El tipo que han detenido es el conductor de grúa que buscábamos. Asegura que estaba en Atlantic City en el momento del asesinato. Voy a comprobar su versión.

—Buen trabajo. Preguntaré si tenemos contactos por aquí que puedan agilizar un poco las cosas. Mantenme informado.

Con el rabillo del ojo, Mike vio que Sandy Fitchet se aproximaba con un papel en la mano. Se sentó junto a él.

—Acabo de hablar con mi tío Herb Phillips. Es teniente de la policía estatal, en el sur de New Jersey. Mantiene una colaboración estrecha con el personal de seguridad de los casinos. Dice que tú o uno de tus hombres podéis reuniros con él y el director de seguridad del Tropicana mañana, a las diez de la mañana, para revisar las grabaciones de las cámaras de vigilancia. Aquí tienes sus números de teléfono.

—Mañana por la mañana tengo que estar en el juzgado. No puedo ir personalmente. Enviaré a uno de mis investigadores. Te debo una cena. Muchas gracias —dijo Mike mientras salía a toda prisa hacia su coche.

Al día siguiente, Mike se encontraba en su despacho realizando trámites. Debido a un retraso en el juicio, su declaración se había pospuesto para la tarde. Cuando el teléfono le sonó a las once y media, apareció en la pantalla el número del hotel Tropicana. Pulsó el botón de responder.

—Sam, ¿qué novedades tienes?

—En el registro de reservas figura el nombre de un tal Edward Dietz, que pidió una habitación individual la noche del 25 de agosto. Pagó por adelantado, en efectivo. Las imágenes de las cámaras de vigilancia muestran a un joven blanco, que no me cabe la menor duda de que es Dietz, entrando en el hotel a las 21.49. Hay otras grabaciones del interior del casino que puedo visionar, pero...

—No te molestes —lo cortó Mike—. Si se encontraba en Atlantic City cerca de las diez, es imposible que estuviera de vuelta en Saddle River a las once y cuarto. Dale las gracias de mi parte a la gente de allí.

Mike colgó el teléfono y suspiró. No le hacía ninguna ilusión comunicarles al fiscal adjunto Artie Schulman y al fiscal Matt Koenig que los sospechosos del asesinato de Dowling volvían a ser únicamente Alan Crowley y Jamie Chapman.

68

Marina Long había empezado a plantearse renunciar a su empleo. Siempre había tenido buen ojo para la moda, por lo que había entrado a trabajar en una tienda de vestidos en la población vecina de Ridgewood. Tenía un don innato para ayudar a la clientela a elegir el estilo que más favorecía a su tipo y a su personalidad. Ya contaba con una cartera de clientas considerable.

Había encontrado el trabajo poco después de mudarse a New Jersey. Le gustaba, y ganaba un sueldo razonable. Sin embargo, su preocupación por Valerie se había agravado. El estado de ánimo de su hija se había vuelto aún más sombrío en los últimos días; ella se mostraba aún más distante si cabía. Este cambio convenció a Marina de que debía estar en casa por las tardes, cuando su hija regresara de la escuela.

Todo lo que le decía parecía molestarle, así que Marina decidió abordar el tema con tacto.

—He pensado que me gustaría un empleo con otro horario. Voy a empezar a buscar por ahí.

—Pues vale —respondió Valerie, pasando del asunto como de costumbre.

El viernes por la mañana, como Valerie no bajaba a desayunar, Marina fue a verla a su habitación. La chica estaba en la cama, encogida en posición fetal, profundamente dormida.

La sensación instintiva de que algo iba mal impulsó a Marina a correr hacia la cama. En la mesilla de noche había un frasco de medicamentos. Estaba destapado. Marina lo cogió. Era Ambien, el somnífero que Valerie tomaba de vez en cuando. El frasco estaba vacío.

Le sacudió el hombro y la volvió boca arriba mientras repetía su nombre. Valerie no se movía.

Marina la observó. Estaba lívida y tenía los labios morados. Respiraba de forma superficial.

—¡Oh, Dios mío, no! —aulló Marina antes de coger el teléfono y llamar a emergencias.

69

Fran y Steve salieron hacia las Bermudas el viernes, antes de la hora del almuerzo. Habían decidido alargar el viaje para que durara una semana entera. Aline se alegraba de que su madre hubiera accedido a ir. La notaba cada vez más deprimida y sabía que necesitaba alejarse con urgencia de todo aquello.

El viernes, cuando regresó a casa del trabajo, se acordó de ir a recoger el correo. Se detuvo frente al buzón situado al final del camino de acceso, sacó las cartas, fue a la cocina y las dejó caer sobre la mesa. Un sobre dirigido a la señorita Kerry Dowling le llamó la atención. Era de MasterCard.

Aline recordó que sus padres le habían dado una tarjeta de crédito antes de que se fuera a la universidad. «Solo para emergencias», le había dicho Steve con una sonrisa, pues sabía que su concepto de emergencia difería del de Aline. Seguramente habían hecho algo parecido por Kerry.

En circunstancias normales, habría guardado el sobre hasta que ellos volvieran a casa. Como estaban de viaje, decidió abrirlo.

Solo constaban dos cargos en el extracto. Uno de ellos era de ETD, un taller de neumáticos. Debía de ser por el recambio que papá le había dicho a Kerry que comprara, pensó Aline.

El segundo cargo era de Coach House, una cafetería de

Hackensack. El importe era de 22,79 dólares. Qué raro, se dijo Aline. Hay cafeterías tanto en Waldwick como en Park Ridge, poblaciones mucho más cercanas a Saddle River. ¿Por qué se fue Kerry hasta Hackensack?

Al fijarse en la fecha en que Kerry había estado en la cafetería, abrió los ojos como platos. Era el 25 de agosto, el día de la fiesta. El día que la habían asesinado.

Aline sacó su móvil y abrió la lista de mensajes de texto. El que hablaba de algo «muy importante» se lo había enviado Kerry a las 11.02 de ese día.

Miró de nuevo el extracto. Casi veinticinco dólares es mucho para una sola persona. Tal vez Kerry quedó para desayunar con alguien y se hizo cargo de la cuenta. Poco después, me mandó el mensaje. ¿Habrá una relación entre una cosa y otra?

Kerry fue a la cafetería un sábado por la mañana. Mañana es sábado. Es probable que trabajen los mismos camareros, incluida la persona que la atendió.

¿Con quién habría quedado? Con Alan, quizá. O a lo mejor con una de sus amigas, una de las chicas del equipo de *lacrosse*. En ese caso, me gustaría hablar con ella.

Aline encendió su ordenador. Abrió la página de Facebook de Kerry y comenzó a imprimir algunas de las fotos.

Puede que esto sea una pérdida de tiempo, pensó, pero tal vez sea relevante saber lo que hizo Kerry su último día de vida.

La idea de que quizá estaba a punto de descubrir qué era aquello tan importante la mantuvo en vela casi toda la noche.

A las ocho y cuarto se levantó, se duchó y se vistió. A las nueve menos cuarto ya estaba en su coche conduciendo en dirección a Coach House. Se había saltado el desayuno ligero y el café que solía tomar por las mañanas. A lo mejor se muestran más comunicativos si desayuno en su establecimiento.

Se alegró de ver que solo había un puñado de coches en el aparcamiento. Dos camareros atendían a los clientes que estaban sentados a la barra. Aline miró a su alrededor. Si Kerry quería conversar en privado con alguien, sin duda habría elegido una mesa para dos situada lo más lejos posible de los otros parroquianos, quizá una de las situadas a derecha o izquierda junto a las ventanas.

—¿Cuántos serán? —preguntó el hombre que estaba detrás de la caja registradora.

—Solo una —respondió Aline—. Quisiera una mesa al lado de la ventana.

—No hay problema —dijo él—. Puede sentarse donde quiera.

Un minuto después de que tomara asiento, se acercó una camarera con una carta en la mano.

—¿Te pongo un café para ir abriendo boca, cielo?

—Claro.

Aline abrió la carpeta que contenía las fotos que había imprimido.

Al poco, la camarera regresó con su café.

—Es evidente que trabajas los sábados —comentó Aline—. ¿Estabas aquí el sábado 25 de agosto por la mañana?.

La camarera se quedó pensando.

—Vamos a ver... Eso fue hace tres semanas. Sí, acababa de volver de vacaciones. Ese sábado me tocó currar.

—Mi hermana estuvo aquí ese sábado por la mañana. Quedó con alguien para desayunar. Estoy intentando averiguar con quién. ¿Te importaría echar un vistazo a unas fotos?

—No, para nada —contestó ella.

Aline distribuyó varias fotografías sobre la mesa.

—Esa chica me resulta de lo más familiar —dijo la camarera—. Sé que la he visto en algún sitio. —Estaba señalando a Kerry.

—Es mi hermana —dijo Aline.

—Ay, madre —soltó la camarera—. ¿Es la pobre chica a la que asesinaron en la piscina?

—Me temo que sí —murmuró Aline.

—Yo las atendí ese día. Estaban sentadas justo a esta misma mesa.

Se inclinó y estudió las fotos una por una. Luego examinó la imagen del equipo de *lacrosse* y apuntó con el dedo.

—Es ella. Es la que estaba llorando.

Estaba señalando a Valerie.

70

A Marge la sorprendió el timbre del teléfono mientras recogía los platos del desayuno. Era Gus Schreiber, el jefe de Jamie en el supermercado.

—Oh, señor Schreiber, ha sido usted muy amable con Jamie —dijo ella, desconcertada por la llamada—. Le encanta trabajar para usted. No sé qué sería de él si no tuviera ese empleo en el Acme.

Se produjo un silencio incómodo.

—Señora Chapman —dijo entonces Schreiber—, por eso la llamo. En Acme, los clientes son nuestra prioridad. Dadas las circunstancias actuales, varios de ellos han venido a expresarme su inquietud por el hecho de que Jamie trabaje en nuestro establecimiento. Espero que entienda a qué me refiero.

—No, no lo entiendo. Por favor, explíquemelo.

—Señora Chapman, después de lo que le sucedió a Kerry Dowling, cuando la gente ve a Jamie en el supermercado se pone nerviosa, y es comprensible.

—Dígales que harían mejor en preocuparse por su otro empleado, ese bocazas de Tony Carter —replicó Marge con ferocidad—. Sabe perfectamente que Jamie siempre ha sido un empleado modelo. Y eso no ha cambiado en los dos años que lleva trabajando para ustedes. Ahora quiere despedirlo sin una buena razón. Debería darle vergüenza.

—Señora Chapman, en esta zona hay muchas tiendas de comestibles que nos hacen la competencia. Tengo que escuchar las preocupaciones de nuestros clientes.

—Aunque eso signifique cometer una grave injusticia contra uno de sus empleado más leales. En cuanto terminemos de hablar, cortaré en dos mi tarjeta de cliente del Acme. Y deje que le diga una cosa ahora mismo: ¡Jamie tiene un abogado muy bueno, y ya verá cuando se entere de esta conversación! —Colgó el auricular con violencia.

Oyó las pisadas de Jamie, que bajaba por las escaleras. Iba vestido para ir a trabajar.

—Me voy, mamá. Luego nos vemos.

—Espera, Jamie. Tengo que hablar contigo. Siéntate, por favor.

—Mamá, no quiero llegar tarde. Tengo que fichar en el trabajo.

Marge pugnó por encontrar las palabras adecuadas.

—Jamie, a veces los negocios como el Acme no tienen suficientes clientes. Cuando eso ocurre, no les queda otro remedio que decirles a algunos empleados que no pueden seguir trabajando allí.

—¿Significa eso que piensan despedir a algunos de mis amigos?

—Así es, Jamie. No solo a algunos de tus amigos. Tú tampoco podrás seguir trabajando allí.

—¿No puedo trabajar allí? ¡Pero si el señor Schreiber ha dicho que soy uno de sus mejores empleados!

—Lo sé. Y le sabe muy mal —aseguró Marge torciendo el gesto.

Jamie dio media vuelta y empezó a subir las escaleras. Cuando estaba a punto de llegar arriba, Marge lo oyó echarse a llorar.

71

El sábado a última hora de la mañana, Mike estaba en su apartamento después de haber realizado algunas gestiones. No le entusiasmaba la perspectiva de conducir hasta New Brunswick esa tarde, pero era el único momento en que podían recibirlo los testigos de otro caso.

Sabía que era poco profesional concertar una reunión con Aline simplemente porque tenía ganas de verla. Le vino a la mente una de las frases favoritas de su madre: «El corazón tiene razones que la razón no entiende». Recordaba que su madre lo decía siempre, desde que él era un crío, cada vez que dos personas que parecían incompatibles se juntaban.

La noche anterior había cenado con una mujer con la que había salido de manera informal, aunque a menudo, cuando los dos estudiaban derecho. Era inteligente y atractiva. Él disfrutaba de su compañía. Sin embargo, ella nunca había despertado en él la misma sensación que lo embargaba cuando estaba con Aline.

Se recordó a sí mismo que su deber era investigar el asesinato de una joven. Su trato con los familiares de la víctima, incluida su hermana, debía limitarse a lo mínimo imprescindible para avanzar en el caso.

A pesar de eso, Aline Dowling estaba más que presente en sus pensamientos. Casi sin darse cuenta, comenzó a discurrir excusas relacionadas con la investigación para poder llamarla y proponerle que se vieran sin que pareciera inapropiado.

No lograba sacarse su imagen de la cabeza. Sus grandes ojos color avellana, enmarcados por largas pestañas, a veces parecían reflejar el color de su ropa. La primera vez que habían salido juntos, ella llevaba un conjunto de chaqueta azul con pantalón a juego que resaltaba la elegancia de su figura y porte. A veces se dejaba el cabello suelto sobre los hombros. Era entonces cuando su parecido con Kerry resultaba inconfundible. En otras ocasiones, se recogía el pelo en la nuca. Mike se sorprendió a sí mismo intentando decidir de cuál de las dos maneras le gustaba más.

Ella le había contado que su prometido había muerto por culpa de un conductor ebrio cuatro años atrás. Él tenía la impresión de que no había nadie especial en su vida en aquel momento. Su sentida defensa de Jamie Chapman demostraba su lealtad inquebrantable hacia alguien que era uno de los sospechosos del asesinato de su hermana. Cuando conversaba con las amigas de Kerry, intentaba en todo momento obtener de ellas información que contribuyera a hallar respuestas para la investigación.

Al margen de la reacción de Aline ante las sospechas crecientes sobre Jamie Chapman, Mike tenía claro que, aunque Alan Crowley había sido detenido, ella tampoco estaba convencida de que él fuera el asesino. Quien había matado a Kerry le había asestado un golpe brutal en la parte posterior de la cabeza. Si no había sido Jamie o Alan, eso quería decir que ahí fuera había una tercera persona capaz de hacerle algo así a una chica de dieciocho años y que no se detendría ante nada con tal de evitar que la pillaran. Mike sabía que a Aline le preocupaba mucho una alumna que había sido íntima de Kerry y que ahora estaba deprimida. Aline se había guardado de mencionarla por su nombre, así que Mike concluyó que seguramente no estaría dispuesta a revelarle muchas cosas sobre ella.

Empezó a sonar su teléfono móvil y, en cuanto vio el nombre que aparecía en pantalla, lo cogió.

—Hola, Aline.

—Mike, hace unas semanas me pediste que intentara dilucidar a qué se refería Kerry al anunciarme en ese mensaje de texto que tenía algo «muy importante» que decirme. Creo que tengo una teoría.

—¿Qué teoría, Aline? —se apresuró a preguntar Mike.

—Kerry me mandó ese mensaje a las once y dos minutos de la mañana. He visto en su extracto de la tarjeta de crédito que esa mañana fue a una cafetería donde había quedado con alguien para desayunar. La camarera, que se acordaba de ella perfectamente, me ha dicho que estaba con una chica que lloraba. Le he enseñado unas fotos de los amigos de Kerry que llevaba conmigo. Ha identificado enseguida a la que había desayunado con ella.

—¿Quién es?

—El nombre no te dirá nada. Se llama Valerie Long. Es la alumna de la que te había hablado. Jugaba en el equipo de *lacrosse* con Kerry. Tengo entendido que, en cierto modo, mi hermana la había tomado bajo su protección, y ahora ella está destrozada por su muerte. A juzgar por el momento en el que ocurrieron las cosas, Kerry me mandó ese mensaje muy poco después del desayuno.

—¿Tienes idea de qué se dijeron?

—No, pero buscaré una excusa para que Valerie venga a mi despacho el lunes, a ver si me habla de ello.

—Aline, si esa chica le reveló a Kerry algo relacionado con la causa de su muerte, podría ser muy peligroso para ti. Te sugiero que cites a la chica a tu despacho, le digas que sabes que ese día desayunó con Kerry y trates de darle a entender que tu hermana te iba a contar lo que habían hablado entre ellas. Dile que Kerry tenía la intención de hablarte de esa conversación y que habría querido que ella compartiera contigo esa información. Ya discutiremos si tendría sentido que yo la interrogara o no.

—Eso es lo que haré —aseguró Aline—. Gracias, Mike.

—Aline, lo he pasado muy bien cuando hemos cenado juntos. Una vez que el caso esté cerrado...

—Sí —lo interrumpió Aline—. Quiero que me invites a salir.

72

El domingo por la mañana, después de la misa de las diez, Aline había preparado el desayuno y disfrutaba de la paz y la tranquilidad del momento mientras leía el periódico. Descubrió que no tenía ganas de acometer el trabajo del instituto que se había llevado a casa. Otro café, una horita en el gimnasio y me pongo, se dijo.

Cuando se levantaba de la mesa, el teléfono comenzó a sonar. El identificador de llamadas indicaba «Número privado». Contestó.

—Aline Dowling, ¿eres tú?

—Sí, soy yo. ¿Quién me llama?

—Aline, soy Marina Long. Perdona que te llame a casa, pero no tengo tu número de móvil.

—No hay ningún problema, Marina. El otro día estaba pensando en ti y en Valerie. Ella no fue al instituto el viernes. ¿Va todo bien?

Hubo un breve silencio.

—No. Bueno, sí, ahora las cosas van mejor.

—Te noto alterada, Marina. ¿Qué ha pasado?

—Valerie intentó quitarse la vida el viernes...

—Oh, Dios mío. ¿Se encuentra bien?

—Sí. El viernes estuve todo el día con ella en el hospital. Pasó la noche ingresada. Un psiquiatra del hospital fue a hablar con ella a la mañana siguiente. Dijo que podíamos llevárnosla a casa sin problema. Se pasó casi todo el día de ayer durmiendo y hoy parece encontrarse mejor. Creo que tal vez necesita quedarse en casa descansando unos días más.

—Descuida, Marina. Ya me encargaré yo de hablar con sus profesores. ¿Te parece bien si le hago una visita? Podría ir ahora mismo. Te prometo que estaré solo unos minutos.

—Sé que estás muy preocupada por ella. Claro, pásate a verla.

Valerie, pálida como un fantasma, estaba recostada en el sofá del cuarto de estar, con la espalda apoyada sobre unos cojines y tapada con una manta. Después de abrazarla, Aline acercó una silla.

—Valerie, nos tienes a todos consternados. Si te hubiera pasado algo, nos habrías roto el corazón. Solo quiero que sepas que te queremos mucho y que nos gustaría ayudarte en todo lo que podamos. Si alguna vez necesitas a alguien con quien hablar, aquí me tienes.

Valerie la miró.

—¿Es que no lo entiende? No puedo hablar con usted —exclamó con vehemencia apartando la vista.

Aline se fue a casa. En cuanto entró, telefoneó a Mike. Como no consiguió localizarlo, le dejó un mensaje diciéndole que había visitado a Valerie tras su intento de suicidio.

Cuando Mike regresó de correr alrededor del lago Schlegel, escuchó sus mensajes. Intentó llamar a Aline de inmediato, pero ella no contestó. No sabía muy bien por qué, pero su instinto le decía que aquel desayuno de Kerry con Valerie guardaba alguna relación con lo que le había sucedido a Kerry esa noche.

Cada segundo cuenta, pensó. Tenemos a dos sospechosos en ascuas, pendientes de que resolvamos el caso. Mike realizó una búsqueda en internet y encontró los datos, dirección incluida, de una persona de apellido Long que vivía en Saddle River. Solo había una.

Llamó a la colega que quería que lo acompañara. Sí, respondió, podían quedar allí más tarde si conseguía organizarse.

Veinte minutos después, a Mike le sonó el móvil. Era Aline.

—Siento no haber atendido tu llamada. He ido al gimnasio y he dejado el teléfono en casa.

—Aline, empieza a inquietarme mucho la posibilidad de que la muerte de Kerry esté relacionada con esa reunión que tuvo con Valerie en la cafetería. Sobre todo ahora que la chica ha intentado suicidarse. No quiero perder un minuto más. Una detective se encontrará conmigo allí. Es muy sensible y tiene mucha experiencia. Quiero pedirte que llames a los padres de Valerie y les preguntes si puedo ir a su casa más tarde. Confían en ti. Creo que sería mejor que los telefonearas tú.

—Los llamo ahora mismo y te digo algo.

Diez minutos después, Aline contactó de nuevo con él.

—Mike, he tenido que insistir un poco porque ven muy vulnerable a Valerie. Han accedido a que vayas esta tarde a las seis, siempre y cuando la dejes en paz de inmediato si se altera demasiado.

—Muchas gracias, Aline. Te debo una cena. ¿Qué tal hoy mismo, a las siete y media u ocho? Iré directo desde casa de Valerie.

—Trato hecho.

73

Ilusionada por ver a Mike, Aline se duchó y se dirigió hacia su armario. Eligió una blusa de seda azul marino y unos vaqueros ajustados. Justo cuando acababa de maquillarse, sonó su teléfono. El nombre que vio en la pantalla la sorprendió.

—Hola, señora Chapman.

—¿Eres Aline Dowling?

—La misma.

—Aline, me llamo Brenda Niemeier. Soy una buena amiga de Marge. Te estoy llamando desde su teléfono porque ella me lo ha pedido.

—¿Se encuentra bien la señora Chapman?

Aline oyó que la mujer luchaba por contener las lágrimas.

—Estoy en el hospital de Pascack Valley. Por lo visto, Marge ha sufrido un ataque al corazón. En su bolso había un papel con instrucciones de que contactaran conmigo en caso de emergencia para que ayudara a tomar las decisiones que ella no estuviera en condiciones de tomar.

—Oh, Dios mío —murmuró Aline. Una parte de ella no estaba sorprendida. No quería ni imaginar la tensión a la que había estado sometida Marge durante las últimas semanas—. Brenda, ¿cómo puedo ayudar?

—Cuando he visto a Marge antes de que se la llevaran a quirófano, estaba muy preocupada por Jamie. Quería que fueras a su casa a hacerle compañía un rato, para asegurarle que todo saldría bien y tal vez prepararle algo de cenar. Marge tiene mucho miedo de que, si le pasa algo a ella ahora, no haya nadie que cuide de Jamie.

—Dile a Marge que claro que iré. Por favor, llámame en cuanto tengas noticias sobre su estado.

—Así lo haré, cielo. Marge siempre me habla de lo amable que es tu familia y de lo afortunada que es por teneros como vecinos.

Aline se despidió, colgó, y acto seguido telefoneó a Mike. Le contó que Marge estaba hospitalizada.

—Voy a su casa, a pasar un rato con Jamie. Reúnete conmigo allí más tarde.

—De acuerdo, pero mejor nos vemos fuera. Recuerda que ya no tengo permitido hablar con Jamie.

74

Mientras conducía hacia la casa de Valerie, Mike llamó a la detective Angela Walker, que también iba en camino. Le refirió la secuencia de acontecimientos que había comenzado cuando habían encontrado a Kerry en la piscina familiar. Y le comentó que tenía la certeza de que, el día de la muerte de Kerry, había sucedido algo durante aquel desayuno que la había impulsado a enviarle a Aline el mensaje de «muy importante» justo después.

Mike se había puesto en contacto con Angela por una razón muy concreta. Aquella afroamericana que acababa de cumplir los cuarenta poseía la capacidad extraordinaria de pulsar las teclas adecuadas para hacer hablar a los jóvenes. Había sido testigo de cómo intimidaba con la mirada a un camello de dieciocho años y también de la compasión con que consolaba a un niño de diez años que había presenciado el asesinato de sus padres. Si había una manera de conseguir que Valerie se abriera, ella la descubriría.

Marina Long los recibió en la puerta y los condujo al cuarto de estar, donde Valerie se encontraba sentada en un sofá con dos cojines tras la espalda y tapada con una manta.

—Wayne y yo estaremos en la habitación de al lado, si nos necesitan —dijo Marina antes de marcharse.

Mike y Angela se acomodaron en las dos sillas colocadas

frente a Valerie. La chica tenía los ojos hinchados y tristes. Después de establecer contacto visual con Angela y con él, fijó la vista al frente, con la mirada perdida.

—Valerie —dijo Mike—, si me permites, empezaré por preguntarte cómo estás.

—Estoy bien —respondió ella en voz baja.

—Ella es la detective Angela Walker. Trabaja conmigo en el caso Kerry Dowling.

La joven mantuvo la vista al frente.

—Valerie —continuó Mike—, sé que Kerry Dowling era amiga tuya. Sé lo terrible que es perder a un amigo. Estoy seguro de que quieres que la persona que le hizo daño a Kerry pague sus culpas.

Aunque ella seguía con la mirada distante, su expresión se endureció aún más.

—Valerie, a las once de la mañana del día que murió Kerry, ella le mandó un mensaje de texto a su hermana Aline, que en ese entonces estaba en Inglaterra. Kerry le aseguraba que había algo muy importante de lo que quería hablar con ella. Se lo escribió justo después de desayunar en la cafetería Coach House, de Hackensack. ¿Desayunaste tú con ella esa mañana?

—No —respondió Valerie, tirando de la manta hacia arriba hasta casi cubrirse el cuello.

—Valerie, la camarera de la cafetería ha visto fotos de los amigos de Kerry y te ha identificado como la chica que estaba con ella.

Valerie sacudió la cabeza una y otra vez mientras se le llenaban los ojos de lágrimas. Empezó a respirar con dificultad. Cerró los puños con fuerza.

Mike se disponía a formular otra pregunta cuando notó que Angela le tocaba el brazo. Sin necesidad de palabras, supo que era una señal de que su colega quería tomar las riendas.

—Valerie, cielo, ¿te importa si me siento contigo en el sofá?

—pidió la detective—. Me gusta estar cerca de la gente cuando hablo con ella.

Sin esperar respuesta, Angela se trasladó al sofá. Valerie se hizo a un lado para dejarle sitio.

—Así está mejor —dijo Angela, mirando a Valerie a la cara a un par de palmos de distancia—. ¿Cuántos años tienes, Valerie?

—Dieciséis.

—Dieciséis —repitió Angela—. Yo tengo una hija de diecisiete. Me recuerda mucho a ti. Una chica guapísima. Se le dan muy bien los deportes.

—¿Cómo se llama? —preguntó Valerie.

—Penelope. Detesta ese nombre. Insiste en que todo el mundo la llame Penny. Dice que Penelope es nombre de payaso.

Los labios de Valerie esbozaron una leve sonrisa.

—Hay otro aspecto en el que se te parece. Cuando algo le preocupa, cuesta mucho conseguir que hable de eso. Se lo guarda todo dentro.

Valerie apartó la vista.

—Valerie, cielo —dijo Angela—, quiero que me mires. Mírame a los ojos.

Valerie se volvió de nuevo hacia la detective.

—Y me gustaría tomarte de las manos. ¿Puedo? —preguntó Angela.

Valerie asintió mientras los dedos de Angela se doblaban sobre los suyos.

—No dejes de mirarme, cielo. Sé que ocultas algo terrible en tu interior. Solo te sentirás mejor si lo dejas salir.

Valerie sacudió la cabeza.

—Ahora estás a salvo, Valerie. Sea lo que sea lo que te hace daño o te asusta, puedes pararle los pies —aseguró Angela mientras le apartaba un mechón de pelo que le había caído sobre la cara.

—No puedo —susurró Valerie con una voz suave, casi infantil.

—Sí que puedes, cielo. Ya no hay razón para que tengas miedo. Estás a salvo. Ahora estás a salvo.

A Valerie se le aceleró la respiración y los ojos se le llenaron de lágrimas.

—Tranquila, cielo. Estás a salvo.

—¡Él me viola! —estalló Valerie, y rompió a sollozar de forma convulsa mientras se arrojaba a los brazos de Angela.

75

Aline pasó a toda prisa junto al patio, atravesó el jardín trasero y rodeó el seto que lo separaba del terreno de Marge. Hacía una tarde inusualmente fresca y nubosa, y el sol empezaba a desaparecer tras el horizonte.

Vislumbraba una luz en la planta superior que sabía que procedía de la habitación de Jamie. A través de una ventana abierta, le llegaba el sonido del programa de televisión que el chico estaba viendo. Tocó el timbre y esperó, pero nadie abrió.

Regresó al jardín, se colocó bajo la ventana de Jamie y gritó su nombre. Él se asomó y le dijo que podía subir.

Mientras Aline ascendía por las escaleras, trató de recordar cuándo había hecho por última vez de canguro de su vecino especial. Casi diez años atrás, calculó.

La fuerza de sus golpes en la puerta bastó para abrirla. Jamie estaba tumbado en la cama, con la vista fija en el techo. Había apagado el televisor. Era evidente que había estado llorando, observó Aline.

—Mamá está en el hospital —dijo él—. Se la han llevado en una ambulancia. Se va a morir y subirá al cielo con mi papá.

Aline se sentó en el borde de la cama.

—Jamie, mucha gente que va al hospital se pone mejor y vuelve a casa. Tenemos que esperar y rezar por que tu madre se recupere y todo salga bien.

—Mamá está en el hospital porque soy malo. Me meterán en la cárcel por haber hecho una cosa mala. Me fui a nadar con Kerry.

Empezaron a resbalarle lágrimas por las mejillas. El cuerpo se le estremecía mientras lloraba con suavidad.

Madre mía, pensó Aline. Ni siquiera entiende lo que creen que hizo.

Aline deslizó las manos por los largos y fuertes brazos de Jamie. Este los extendió hacia ella y la envolvió en un abrazo. La estrechó con fuerza, de forma casi dolorosa. A pesar de lo que él decía, Aline no podía creer que un ser tan cariñoso le hubiera hecho daño a Kerry. ¿Se encontraba ante la oportunidad de averiguar lo que le había ocurrido de verdad a su hermana?

Después de darle un momento para que se tranquilizara, Aline se levantó y se dirigió hacia la ventana. Las luces del jardín trasero acababan de encenderse y alumbraban la penumbra del atardecer.

Le vino a la memoria un curso de psicología al que había asistido en la universidad. Le había parecido especialmente interesante una clase sobre la estrategia de animar a las víctimas infantiles a recrear los traumas que habían sufrido con el fin de enfrentarse a ellos y superarlos. ¿Había supuesto la noche de la muerte de Kerry una experiencia traumática para Jamie? ¿Le había sugerido alguien que contara lo sucedido de una manera que le permitiera relatar la historia?

—Jamie, ¿ya has cenado?

—No.

—¿La comida china sigue siendo tu favorita?

—Pollo con sésamo, arroz blanco y sopa wantán —dijo Jamie, y una sonrisa le iluminó de nuevo el rostro.

—Vale, pediré comida china para ti, pero antes jugaremos a un juego. Vamos a hacer como si fuera la noche de la fiesta de Kerry.

Empezaron con Jamie mirando por la ventana trasera.

—Kerry había celebrado una fiesta —dijo—. Todo el mundo se había ido a casa, y Kerry estaba sola.

—Así que no había nadie con Kerry. ¿Qué hacía?

—Estaba limpiando. Entonces llegó Alan Crowley. Kerry le gusta. La besó y la abrazó.

Aline señaló a su jardín trasero.

—¿Por dónde llegó Alan? —La pregunta pareció confundir a Jamie. Aline lo tomó de la mano—. Ven. Iremos a mi jardín. Quiero que me enseñes todo lo que hiciste y todo lo que viste esa noche.

76

Durante el minuto entero que Valerie pasó llorando, Angela la abrazó, mientras la chica escondía el rostro contra su hombro.

—¿Quién, Valerie? —preguntó Angela—. ¿Quién te ha hecho esto?

—No puedo decirlo. Se lo conté a Kerry y ahora está muerta. Es culpa mía.

Su voz había alcanzado un crescendo de miedo y angustia. Angela comenzó a mecerla.

—Valerie, Valerie, no corres ningún peligro, cielo. Estás a salvo.

Marina y Wayne, que la habían oído gritar «¡Él me viola!», entraron corriendo en la habitación.

—¡Valerie, Valerie! —exclamó Marina.

Mike observó a Wayne con fijeza. Aline le había dicho que Valerie parecía guardarle rencor a su padrastro. ¿Era él quien abusaba de ella?

Mientras Wayne se abalanzaba hacia Valerie, Mike se levantó como movido por un resorte. El hombre se arrodilló junto al sofá.

—Valerie, nena, dinos quién te ha hecho esto. Tienes que decírnoslo.

—Es... es mi entrenador, Scott Kimball. Ha sido él. Y no me deja en paz.

—¡El entrenador! —exclamó Marina—. Dios mío, y le hemos permitido venir esta tarde. Parecía tan preocupado por Valerie... Incluso los hemos dejado hablar a solas.

—Me ha advertido que no le contara nada a nadie. Me ha dicho: «Aline debería tener presente lo que le pasó a Kerry». —Valerie sollozó.

Wayne se puso de pie.

—Lo mataré —susurró con frialdad.

Mike estaba tan atónito como los demás. Scott Kimball debía de haberse enterado de algún modo de que Valerie se había confiado a Kerry. Sacó su móvil, abrió la lista de contactos e hizo clic en el número del móvil de Aline. Ella no contestó. ¿Estará en apuros?

—Tengo que ir a ver cómo está Aline —soltó con brusquedad.

—Vete —le respondió Angela—. Yo me encargo de todo aquí.

Mike salió a toda prisa de la habitación, cruzó la puerta y corrió hasta su coche. Mientras conducía, llamó a la comisaría de Saddle River.

—Envíen unidades de inmediato al domicilio de los Chapman, en el 15 de Waverly Road. Scott Kimball, varón blanco, treinta y pocos años, violador y probable asesino, podría estar allí.

77

Bajaron las escaleras, salieron por la puerta de atrás y atravesaron el jardín. Cuando entraron en la propiedad de los Dowling, Jamie se detuvo. Agachó la cabeza y comenzó a caminar de un lado a otro, mirando el césped.

—Jamie, ¿qué haces?

—No está aquí.

—¿Qué no está aquí? —preguntó Aline.

—El palo de golf. Estaba sobre la hierba.

—Espérame aquí, Jamie.

Aline rodeó la casa a la carrera hasta el garaje, cogió un palo de golf, lo llevó hasta donde estaba Jamie y se lo entregó.

—Estaba aquí —dijo depositando el palo en el suelo. Luego lo recogió—. Yo quería ayudar a Kerry a limpiar.

—Enséñame lo que hiciste con él.

Jamie fue con el palo a la zona de la piscina. Se fijó en la punta.

—Este está limpio —observó—. El otro estaba sucio. —Lo dejó encima de una silla reclinable, al lado de la piscina.

De modo que, cuando Jamie recogió el palo del césped y lo llevó a la zona de la piscina, creía que estaba ayudando a limpiar, pensó Aline. Eso explica por qué encontraron sus huellas en el arma homicida.

Lo siguió a pocos pasos de distancia. Se encontraban delante del patio.

—Lo estás haciendo genial, Jamie. ¿Regresó Alan después de la fiesta para ver a Kerry?

—Sí.

—Enséñame qué hizo él, por dónde vino.

Jamie se dirigió a un costado de la casa y Aline lo perdió de vista.

A continuación, dio media vuelta y regresó. Cogió el palo de la silla y lo dejó en el suelo de piedra del patio.

—Alan hizo esto —dijo Jamie, recogiéndolo de nuevo y dejándolo apoyado en una silla del patio.

—¿Y luego qué hizo? —preguntó Aline en voz baja—. Imagínate que soy Kerry. Haz todo lo que hizo Alan.

Jamie se le acercó. La abrazó y le dio un beso en la frente. Luego se alejó rodeando la casa.

—Vamos a seguir con el juego de la simulación —añadió Aline cuando Jamie regresó—. Quiero que simules que soy Kerry. Ahora muéstrame lo que hizo el Muchachote. Enséñame por dónde llegó.

Jamie caminó hasta el otro extremo del jardín trasero, el que lindaba con el bosque.

Aline notó que el teléfono le vibraba en el bolsillo. Lo sacó y echó un vistazo al nombre que aparecía en la pantalla. Mike Wilson. Sin embargo, estaba haciendo progresos con Jamie y no quería interrumpir aquel ejercicio. Ya lo llamaré luego, pensó.

Jamie empezó a avanzar de puntillas por el jardín. Cuando se aproximaba al patio, le hizo señas a Aline para que se colocara más cerca de la piscina.

—Date la vuelta —le indicó.

Aline se volvió de espaldas a Jamie, pero miró hacia atrás para ver qué hacía. El chico agarró el *putter*, que estaba apoyado contra la silla. Se acercó a ella levantando el palo por encima de su cabeza y se dispuso a lanzar un golpe.

—Muy bien, Jamie, no hace falta que sigas —dijo Aline alzando las manos para protegerse.

—Eso fue lo que hizo el Muchachote.

—Así que el Muchachote salió del bosque. Empuñó el palo y golpeó a Kerry. ¿Y qué hizo después?

Asintiendo, Jamie arrojó el *putter* al césped, al otro lado de la piscina.

Aline tuvo que esforzarse para pronunciar las siguientes palabras.

—Jamie, ¿eres tú el Muchachote que golpeó a Kerry?

La pregunta pareció desconcertar al chico. Sacudió la cabeza, miró a su alrededor y, cuando dirigió la vista hacia el bosque, su expresión cambió.

—Aline, lo hizo él —exclamó señalando con un gesto enérgico—. Él la golpeó. El Muchachote la empujó al agua.

78

Mike condujo a toda velocidad por Chestnut Ridge Road y giró por Waverly Road. El instinto le decía que no encendiera la sirena. Si Kimball estaba con Aline, no quería ponerlo sobre aviso de su llegada.

Dejó el coche en el camino de entrada de los Champan, recorrió a la carrera los veinte metros que lo separaban de la puerta y tocó el timbre. Mientras esperaba, soltó el seguro de su pistolera.

—Vamos, Aline, abre —dijo en voz alta pulsando el timbre de nuevo y aporreando la puerta con la mano abierta.

79

Aline se quedó estupefacta al ver a Scott Kimball. Caminaba hacia ellos apuntándolos con una pistola. Su sonrisa parecía más bien una mueca torcida. Rompió a reír.

—Un día, después del entreno de *lacrosse* —dijo mirando a Jamie—, me dijiste que tu padre te llamaba Muchachote. Te contesté que mi padre también me llamaba así.

—Scott, ¿qué haces aquí? —exclamó Aline aturdida—. ¿Te has vuelto loco?

—No, la loca eres tú, Aline —replicó él—. Y también Kerry. Por sonsacarle a Valerie cosas que no son asunto vuestro. —Soltó una sonora carcajada—. No sé qué pasa con Kerry y contigo, que incitáis a la gente a deciros cosas cuando lo que debería hacer es mantener la boca cerrada. El mes pasado empecé a notar que me resultaba más difícil controlar a Valerie. No tardaría mucho en irse de la lengua con alguien. Algo me decía que ese alguien sería tu hermana Kerry. Le puse un dispositivo localizador en el coche. Sigue allí, por cierto, en el coche que llevas tú. Por eso sé que esta mañana has ido a ver a Valerie. Pero volvamos a Kerry. Ese sábado por la mañana, cuando recogió a Valerie, seguí la señal hasta la cafetería. Se sentaron junto a una ventana. Frente a la misma mesa a la que estabas sentada tú cuando le enseñaste las fotos a la camarera. Aunque no alcanzaba a oír lo que decían, por sus gestos me di cuenta de que Valerie estaba levantando la liebre.

—¡Tú mataste a Kerry! —aulló Aline—. ¿Por qué?

—La culpa es de Valerie. Ella se me insinuó.

—Pero ¿por qué mataste a Kerry?

—No me quedó otro remedio, Aline. Valerie era fácil de controlar. Kerry, ni por asomo. Por suerte para mí, me enteré de la fiestecita de Kerry. Estuve esperando una hora en el bosque hasta que se quedó sola. Estaba a punto de hacer mi entrada cuando, doblando la esquina, apareció nada menos que el Romeo de Kerry, Alan Crowley.

—Le dio a Kerry un beso y un abrazo —terció Jamie.

—Lo sé, Jamie. Yo estaba mirando. Pero lo que no sabía, y esto representa una muy mala noticia para ti, Jamie, es que tú también estabas mirando...

—Eres un cobarde, Scott —lo interrumpió Aline—. Te acercaste a mi hermana a traición y...

—Oh, eso no era lo que había planeado, Aline. Tenía toda la intención de pegarle un tiro. Pero cuando Alan Crowley llevó ese palo de golf al patio y luego se marchó, digamos que decidí improvisar.

Aline intentaba encontrar la manera de que siguiera hablando. Recordó la llamada de Mike que no había cogido. *Tengo que continuar distrayéndolo hasta que él llegue.*

Scott se iba aproximando.

—Scott, no tienes por qué hacer esto —suplicó Aline.

—Ya lo creo que sí, Aline. Cuando os quite de en medio a ti y a tu amigo Jamie, Valerie mantendrá la boca cerrada. Como antes.

80

Tal vez se ha llevado a Jamie a su casa, pensó Mike. Echó a andar de vuelta hacia su coche, pero entonces recordó que podía tomar un atajo por el jardín. Cuando se disponía a rodear la residencia de los Chapman, advirtió que las luces del jardín trasero de los Dowling estaban encendidas. Soltó un suspiro de alivio al ver a Aline y a Jamie de pie junto a la piscina. Se disponía a llamarla a voces, pero cambió de idea. Ella no estaba hablando con Jamie. En vez de eso, ambos miraban hacia la zona boscosa que limitaba con la finca. Aline se había situado delante de Jamie, como escudándolo.

Mike atravesó con sigilo el patio de atrás de los Chapman hasta el seto que separaba ambos terrenos. Entrevió a un hombre que se les acercaba empuñando una pistola. Empezó a oírse el ulular de unas sirenas a lo lejos.

Mike desenfundó su arma y apoyó el puño derecho en la mano izquierda en posición de disparo.

—¡Quieto, Kimball! —gritó—. ¡Tira la pistola!

Scott se volvió rápidamente en la dirección de la que procedía la voz. Aline se dio la vuelta, tiró a Jamie al suelo de un empujón y se tendió encima de él para protegerlo.

Scott giró el brazo con el que sujetaba la pistola, apuntó a Aline y apretó el gatillo. La bala le pasó unos centímetros por encima de la cabeza.

El primer disparo de Mike alcanzó a Scott en el hombro izquierdo. Este se tambaleó un momento y acto seguido alzó la mano y comenzó a disparar a diestro y siniestro. El siguiente tiro de Mike le destrozó dos costillas y lo derribó de espaldas, de modo que el arma salió despedida, deslizándose por el suelo del patio.

Mike cruzó corriendo el jardín hacia allí, sin dejar de encañonar a Scott, que seguía retorciéndose en el suelo. Desde la parte delantera de la casa de los Chapman le llegó el sonido estridente de las sirenas, junto con chirridos de neumáticos y golpes de puertas que se cerraban.

—¡Aquí detrás! —les gritó a los agentes, que se acercaron a toda prisa rodeando la casa. Sujetando su placa en alto, señaló a Kimball—. ¡Llamen a una ambulancia y deténganlo!

Aline estaba ayudando a Jamie a levantarse.

—¿Os ha herido? —preguntó Mike acercándose a la carrera.

En vez de responder, Aline le echó los brazos al cuello.

—El Muchachote ha intentado dispararnos —exclamó Jamie—. Eso no ha estado bien.

—Gracias a Dios que estáis bien —dijo Mike abrazando a Aline.

—No te librarás de cenar conmigo —musitó ella—. Pero hay un cambio de planes. Cenaremos comida china con Jamie.

81

Marge yacía en silencio en la unidad de cuidados intensivos del hospital. Los electrodos que tenía en el pecho estaban conectados a un aparato que monitorizaba su actividad cardíaca.

La operación había sido un éxito. El aturdimiento causado por la anestesia empezaba a remitir. La preocupación por Jamie volvía a apoderarse de ella con toda su intensidad.

Se oyeron unos golpecitos en la puerta y el padre Frank entró.

—¿Cómo estás, Marge?

—No estoy muy segura, pero creo que bien.

—Pues te traigo una noticia que hará que te sientas mucho mejor. Jamie está en casa, cenando comida china con Aline. Ella dice que se quedará esta noche para que no esté solo.

El sacerdote decidió obviar el detalle de que alguien había disparado a Aline y a Jamie.

—La policía ha detenido a Scott Kimball, el entrenador de *lacrosse* del instituto —explicó en cambio—. Están seguros al cien por cien de que fue él quien asesinó a Kerry Dowling. Resulta que él es el famoso Muchachote que mencionaba Jamie.

Marge tardó un minuto en comprender las implicaciones de lo que acababa de oír.

—Oh, bendito sea Dios —exclamó con fervor—. ¡Benditos sean el Señor y su santa madre!

82

Alan estaba sentado con sus padres en el cuarto de estar. Tenía la impresión de que, desde que se habían enterado de la posible implicación de Jamie en el asesinato de Kerry, veían los informativos locales a todas horas. Una noticia de última hora captó su atención. La cámara enfocaba a una reportera que estaba delante de la escuela.

—En Saddle River, New Jersey, ha sido detenido el entrenador del equipo de *lacrosse* del instituto, Scott Kimball, por el asesinato de Kerry Dowling.

Imposible, pensó Alan. No puede ser verdad.

Pero lo era. Conmocionado, escuchó a la periodista desgranar los detalles sobre el intento de asesinato de Aline y Jamie. Mientras su madre chillaba de alivio, al chico se le llenaron los ojos de lágrimas.

—No puedo creer que esta pesadilla haya terminado de verdad —dijo—. Para Jamie y para mí. Supongo que al final iré a Princeton, a pesar de todo.

83

Fran y Steve cenaban en silencio en el hotel Hamilton Princess, de Bermudas. Estaban solos en aquel rincón del restaurante. De pronto, los móviles de los dos emitieron a la vez un sonido que indicaba la llegada de un mensaje de texto. Era de Aline. «¡¡¡Mirad esto y llamadme enseguida!!!»

Extrañada, Fran rodeó la mesa y se sentó al lado de Steve. Hizo clic en el enlace, y se abrió un vídeo del informativo local de la CBS que comenzaba con el titular de la detención de Scott Kimball por el asesinato de Kerry Dowling y continuaba con la noticia de que Aline le había salvado la vida a Jamie cuando Kimball había intentado matarlos a ellos también.

Fran y Steve se abrazaron al caer en la cuenta de que habían estado a punto de perder a su otra hija.

—Fran, Fran —dijo Steve con la voz ronca de la emoción—. Solo de imaginar lo que habría podido pasar...

Fran se sentía aliviada y agradecida hasta tal punto que le costaba hablar.

—Volvamos a casa —susurró—. Necesito estrechar a Aline entre mis brazos.

Epílogo

Tres meses después

A Scott Kimball le leyeron los cargos cuando aún yacía en la cama del hospital recuperándose de sus heridas. Se le acusaba del asesinato de Kerry Dowling, tentativa de asesinato contra Aline Dowling y Jamie Chapman, posesión de un arma con fines ilícitos y agresión sexual grave contra Valerie Long.

El fiscal les había asegurado a Valerie y a sus padres que había pruebas concluyentes que sustentaban los otros cargos y que Kimball pasaría el resto de su vida en la cárcel. No sería necesario que la joven prestara declaración a menos que deseara hacerlo.

Valerie aceptó la sugerencia de sus padres de asistir a terapia para intentar superar lo que Scott Kimball le había hecho y las numerosas pérdidas personales que había sufrido. Recordaba de forma vívida la furia con que había reaccionado Wayne al enterarse de los abusos cometidos por Kimball. Por primera vez, empezó a verlo como a un padre.

Dos endoprótesis mejoraron en gran medida la salud de Marge. Aun así, ella aseguraba que la única medicina que necesitaba era saber que el nubarrón que se cernía sobre Jamie se había disipado.

Jamie, por su parte, estaba encantado de que el gerente del

285

Acme se hubiera ofrecido a devolverle su empleo. Ante la vehemente insistencia de Marge, incluso accedieron a concederle un aumento.

Princeton readmitió de inmediato a Alan para el semestre que comenzaba en enero. El chico contaba con impaciencia los días que faltaban para su partida. Tres meses antes, no tenía la menor idea de a qué profesión iba a dedicarse. Ahora estaba casi convencido de que quería ser abogado defensor.

Trabajaba cinco tardes por semana en los grandes almacenes Nordstrom, que se preparaban para la campaña navideña. June le había conseguido el empleo.

Aline y Mike supieron, desde el instante en que se abrazaron después del tiroteo, que ya nunca se separarían. Decidieron casarse en otoño, después del primer aniversario de Kerry. Fran y Steve siempre llorarían su pérdida, pero se alegraban mucho de que Aline y Mike estuvieran juntos. La mente de Fran se proyectaba hacia el futuro, imaginando que sostenía a su nieto en brazos.

El padre Frank oficiaría la boda. Los padres de Mike adoraban a Aline y no habrían podido estar más felices con la elección de su hijo.

El pastor compartió con Aline, Mike, Fran y Steve una frase que había dicho Rose Kennedy: «Los pájaros cantan después de la tormenta. ¿Por qué no habrían de sentirse las personas igual de libres para deleitarse con el sol que les queda?».